Ce livre est offert à :

De la part de :

PASCALE & GILLES
LEGARDINIER

LES PHRASES INTERDITES SI VOUS VOULEZ RESTER EN COUPLE

J'AI LU

DES MÊMES AUTEURS

L'Exil des anges, Fleuve Éditions, 2009 ; Pocket, 2010

Nous étions les hommes, Fleuve Éditions, 2011 ; Pocket, 2014

Demain j'arrête !, Fleuve Éditions, 2011 ; Pocket, 2012

Complètement cramé !, Fleuve Éditions, 2012 ; Pocket, 2014

Et soudain tout change, Fleuve Éditions, 2013 ; Pocket, 2014

Ça peut pas rater !, Fleuve Éditions, 2014 ; Pocket, 2016

Quelqu'un pour qui trembler, Fleuve Éditions, 2015 ; Pocket, 2017

Le premier miracle, Flammarion, 2016 ; J'ai lu, 2017

Une fois dans ma vie, Flammarion, 2017 ; J'ai lu, 2018

Vaut-il mieux être toute petite ou abandonné à la naissance ?, avec Mimie Mathy, Belfond 2017 ; Le Livre de Poche, 2018

Comme une ombre, avec Pascale Legardinier, J'ai lu, 2018

J'ai encore menti !, Flammarion, 2018

Avertissement

Ce livre n'est pas un ouvrage de bien-être, mais plutôt un outil contre le malheur. Nous ne prétendons pas vous donner les clés de votre bonheur, mais vous aider à le protéger en évoquant ce dont on ne parle jamais et qui compte pourtant.

Certains n'aspirent pas à une vie à deux. C'est leur droit le plus absolu. Ces pages ne sont pas une injonction au bonheur ou un hymne militant pro-couple, mais dans une époque où les excès les plus extrêmes séparent tristement femmes et hommes, ces mots portent la conviction d'un couple uni, un couple qui a envie de dire à celles et ceux que la vie à deux intéresse qu'elle est possible, pourvu qu'on la traite avec un peu d'attention.

De nos jours, femmes et hommes parlent, jugent, vocifèrent parfois et condamnent souvent, se comportant tels deux camps ennemis. Mais où sont donc les couples qui parlent d'une seule voix ? Notre monde ne s'améliorera pour personne si nous ne sommes pas alliés. « Alliance » est un joli mot.

Nous espérons modestement vous aider à trouver votre propre façon de créer et de préserver ce qui change une vie.

Sur un fil tendu au-dessus du vide,
deux funambules avancent l'un vers l'autre.
Chaque pas peut les faire tomber.
Ils progressent en prenant tous les risques,
car ils espèrent que lorsqu'ils seront enfin
dans les bras l'un de l'autre,
plus rien ne les séparera.

Ils ont raison. À deux, on est moins vulnérables.
Encore faut-il ne pas trébucher
avant de s'être rejoints…

Avant-propos

par Pascale & Gilles

Socrate avait bien raison : « Connais-toi toi-même » est sans doute l'un des meilleurs conseils qu'un esprit éclairé puisse offrir à un individu, féminin ou masculin, à l'aube de sa vie. Sacré Socrate, il aurait fait un carton sur Twitter, même si sa toge n'avait pas de poche où ranger son portable !

Mais ce que ne dit pas l'adage, c'est que pour arriver à découvrir qui l'on est vraiment, nous avons besoin des autres. Au moins d'une, ou d'un, en particulier.

Former un tandem, fonctionner à deux, constitue sans aucun doute l'un des enjeux majeurs de notre passage sur terre. Et si l'essentiel consistait à trouver sa moitié, quelle qu'elle soit ? Platon serait d'accord. Homme, femme, avec homme ou femme, cela ne regarde que vous. Couple amoureux, amical, professionnel, crapuleux même… Peu importe, mais « couple » ! La vraie révélation d'un destin ne réside-t-elle pas dans l'aptitude à s'associer à l'autre, à dépasser ses propres intérêts pour voir et aller plus loin ? Le véritable courage ne consiste-t-il pas à faire confiance à celle ou celui avec qui l'on suit ce drôle de chemin ? Quand on constate ce qu'engendre la solitude non désirée, on peut légitimement se demander si le but ultime d'une existence ne se résume pas à apprendre à dire « nous » plutôt que « je ».

C'est une conviction que nous, dans notre couple amoureux et professionnel (mais pas crapuleux !), gardons à l'esprit chaque jour que nous avons la chance de vivre ensemble. D'où l'idée de ce recueil, conçu pour celles et ceux qui ont envie de tenter l'aventure.

Dans une époque où les pires des hommes et des femmes finissent par séparer jusqu'à ceux qui ne leur ressemblent pas, dans une économie avide où les méfiances exacerbées sont devenues un eldorado commercial qui entretient le fossé chaque jour plus grand, nous vous proposons la thérapie de couple la moins chère et la plus joyeuse qui soit. Ce livre est un système unique de déminage du sol affectif afin que les charges explosives enfouies de part et d'autre ne vous sautent pas à la tête. Ce modeste ouvrage est aussi une carte qui, nous l'espérons sincèrement, vous évitera de tomber dans les pièges les plus fréquents en vous aidant à les contourner. C'est également l'occasion de mieux comprendre la psychologie de l'autre, grâce à des explications qui n'ont rien d'académique ou de pompeux, mais qui sont sincères et pratiques.

Lisez ces phrases, réfléchissez-y, parlez-en avec votre compagnon, votre compagne, vos proches. Riez de tout ce qui peut faire mal. Si vous êtes capables de vous balancer avec légèreté tout ce que contient ce livre en étant complices, en acceptant le regard de l'autre, alors tout ira mieux. Jouez à votre guise avec ces mots dangereux, tant qu'ils ne sont pas motivés par la faiblesse ou la cruauté. C'est tout le mal que nous vous souhaitons en tant que femme et en tant qu'homme. Ne vous laissez pas convaincre que durer est impossible. Ne croyez pas que les années impliquent l'ennui. C'est n'importe quoi ! Il faut jouer, il faut aimer, il faut avoir envie, il faut l'autre !

N'en déplaise aux contes de fées, le bonheur n'est jamais un cadeau du ciel. Il existe parce qu'il est ressenti et apprécié. Il dure parce qu'il est protégé et partagé.

Le propos de ce livre n'est certainement pas de donner des leçons ou des recettes miracles, mais de provoquer joyeusement la discussion, le regard croisé, la confrontation positive des différents points de vue, afin que chacun puisse, en comprenant un peu mieux l'autre, éviter les traquenards qui pourraient le priver du temps qu'il faut pour bâtir son bonheur.

Dans une société épidermique, où tout se juge d'un clic stupidement binaire, avoir les clés devient vital, sous peine de ne finir qu'avec des intimes virtuels sur de sordides réseaux qui n'ont rien de sociaux. Privilégiez les regards, la peau, le son d'une voix aimée, favorisez les vrais échanges.

Lorsque nous nous sommes mariés, ce sont exactement 21 couples qui se sont officiellement formés dans les années d'avant ou d'après. Des proches, des amis, de la famille. Tous uniques, particuliers, possédant leur propre histoire ; tous avec de vraies chances. Trente ans plus tard, nous ne sommes plus que deux couples à être toujours ensemble. Mais la vie ne se résume pas à des statistiques. Alors, que nous ont appris ces sorties de route, ces tristes fins ? Que le bonheur comme le malheur ne dépendent souvent que de toutes petites choses.

La première fois qu'un couple de nos proches s'est disloqué, nous nous sommes investis pour tenter de le sauver. Nous avons vécu cette épreuve comme une douleur dont nous étions solidaires. Nous avons joué les intermédiaires, les médiateurs, les ambassadeurs de bonne volonté. Nous avons vite appris – à nos dépens – que ce n'était pas notre place. Le couple social est une chose, le couple intime en est une autre. Notre bonne volonté est devenue au mieux l'instrument d'un combat qui ne nous regardait pas, au pire le prétexte de l'échec. Une bonne leçon qui, paradoxalement, nous aura encore plus rapprochés dans notre propre couple.

Personne ne sait jamais ce qui se passe entre deux êtres liés d'intimité, et tant mieux. Cela s'appelle la vie privée. Depuis, nous avons appris à être bienveillants, apaisants, disponibles, tout en renvoyant clairement chacun à ses responsabilités. Nous en avons vu pas mal au fil des ans, du couple qui se jette littéralement à la tête les assiettes que nous leur avions offertes pour leur mariage jusqu'aux diverses tentatives de manipulation pour monter les camps les uns contre les autres. Quelle désolation ! Mais aussi quels fous rires parfois… Il est tout à fait concevable que des gens ne se correspondent pas toute leur vie, mais s'ils ont la chance de s'être trouvés, il faut à tout prix éviter de tout foutre en l'air parce que l'on dépasse bêtement les limites que chacun se fixe librement.

D'où l'importance des mots. Ceux que l'on dit, et ceux que l'on ne dit pas. Le pouvoir des mots est immense. Femmes et hommes sont capables de les utiliser pour combattre ou pour soulager, pour partager ou pour trahir, pour magnifier ou pour souiller. Il nous appartient d'en choisir l'usage avec soin. En toute liberté, en toute conscience. Les mots sont d'autant plus puissants lorsqu'ils sont échangés dans un couple. Parce qu'ils empruntent alors un canal privilégié, une sorte d'autoroute affective qui les conduit d'un cœur à l'autre. Quand on capte ou quand on émet en direction de quelqu'un qui compte, il y a de l'attente, de l'enjeu. Raison de plus pour ne pas faire n'importe quoi.

Cet ouvrage n'a pas d'autre but que de vous permettre de réagir à ce qui touche l'autre. Il offre l'occasion d'échanger, de plaisanter, de comparer des visions différentes, peut-être de comprendre certains mécanismes qui nous échappent parfois. Loin d'être exhaustif, il propose un florilège des petites phrases au pouvoir corrosif, voire explosif, qui reviennent le plus souvent entre femmes et hommes. Il est bien sûr aussi un encouragement à y ajouter les vôtres, nées de votre propre expérience...

Vivre à deux est sans conteste une des odyssées les plus risquées, mais aussi les plus gratifiantes qui soient. D'abord parce que, sauf exception, nous ne sommes pas faits pour vivre seuls, mais aussi parce que l'expérience du regard qui vous connaît et vous accepte tel que vous êtes est sans doute l'un des plus grands bonheurs qu'une âme puisse connaître. Cela mérite bien quelques efforts, en identifiant certains obstacles potentiels, en mettant des mots sur des fragilités, sur ces microfissures structurelles liées à notre nature, à notre caractère, avant qu'elles ne deviennent des failles, voire des gouffres.

Lisez, faites lire, échangez, amusez-vous, exprimez-vous surtout, et soyez heureux longtemps. La vie n'est jamais simple, mais elle peut être une belle histoire. Cela tient parfois à quelques mots...

Signé : un couple heureux qui fait son possible pour le rester longtemps.

T'as pas un peu pris ?

Messieurs – les mecs, les garçons –, un bon conseil : ne nous posez jamais cette question. Surtout si elle est enrichie d'une précision sur la zone de notre anatomie que vous trouvez désormais plus conséquente. Aucun gentleman ne peut demander à une femme si elle n'a pas un peu pris « des cuisses », « de la taille », « des hanches » ou, pire, « des fesses » : cela relève de la goujaterie la plus absolue. C'est même une potentielle déclaration de guerre. Comment pouvez-vous imaginer que nous ne soyons pas au courant ? Êtes-vous assez insensés pour croire que l'infortunée créature à qui vous assénez cette remarque assassine n'a pas elle-même détecté ce qui lui complique déjà la vie ? Même si nous n'avons pas approché de la balance depuis un moment, notre jean préféré nous a déjà tout dit. Alors, à moins que vous ne soyez le coach d'une sportive de haut niveau qui vous paye pour traquer chaque gramme mal placé, laissez les filles se débrouiller seules, et essayez de vous souvenir de ce qu'elles endurent lorsqu'elles vous regardent vous empiffrer ! Pour une bonne part de celles qui partagent vos vies, le poids est une épée de Damoclès qui ne menace pas la tête, mais pointe plus bas…

Vous-mêmes n'appréciez pas d'entendre une femme vous demander si vous n'avez pas « pris un peu d'estomac ». Du bide, en français ! Étrangement d'ailleurs, cette même remarque prononcée par un de vos potes en aparté sonnera davantage comme un signal d'alerte dont vous tiendrez compte, alors qu'elle peut vous vexer venant de la part d'une compagne, auprès de qui les mieux éduqués d'entre vous tentent de faire bonne figure. Pareil pour nous.

Beaucoup de facteurs peuvent faire varier la morphologie d'une femme : sa nature, une grossesse, le stress, la fatigue, la ménopause, l'arrêt du tabac, une maladie. En fait, pour être claire, il n'existe quasiment aucune circonstance dans la vie qui facilite le contrôle du poids. Essayez de trouver un moyen de perdre des kilos sans effort, à part une maladie épouvantable ou un événement tragique… Confronté à des épreuves, le corps réagit, et jamais en améliorant les choses du point de vue de la ligne. Dans le combat permanent que nous menons pour garder notre meilleure silhouette, Mère Nature est rarement une alliée – et c'est encore pire quand le Temps se joint à elle pour faire ce que l'on appelle poétiquement « son œuvre »…

Nous savons, messieurs, que vous adorez être fiers du physique de vos compagnes. Vous n'avez, soit dit en passant, pas toujours la même exigence vis-à-vis de vous-mêmes. Certains d'entre vous – pas les meilleurs – adorent exhiber leurs magnifiques conquêtes, quitte à en changer, comme on change de voiture, quand elles ont « un peu pris »… Sublime grandeur d'âme !

Si vous aimez la personne avec qui vous vivez, peut-être pouvez-vous commencer par lui demander comment elle va, et même devenir son ange gardien dans le combat qu'elle mène probablement pour ne pas « prendre », aux fesses ou au moral !

J'en ai pour une minute !

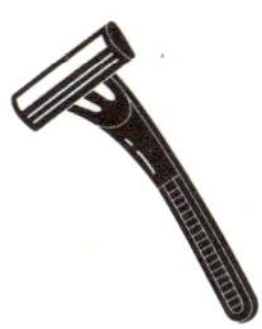

Il est un mystère que nous, les hommes, n'arriverons sans doute jamais à percer. L'espace-temps est une notion fascinante, étrange et insondable, surtout à l'entrée des toilettes ou derrière les portes des salles de bains. « Vous repoudrer le nez », « vous rafraîchir », « vous changer pour la huitième fois », ça on comprend. « J'en ai pour une minute », ça, on comprend aussi. Mais pour ce qui se passe après, on ne suit plus. Si vous nous dites : « J'en ai pour un quart d'heure », on va râler, mais au moins ce sera clair. On trouvera toujours un truc à faire, de préférence inutile et rigolo. Mais rester là à patienter, en sachant dès les premières secondes que quel que soit le délai auquel on s'attend, ce sera pire, voilà qui nous rend marteaux.

Les femmes sont sans doute la plus séduisante des énigmes auxquelles nous soyons confrontés. Mais j'invite quiconque à observer les mines déconfites des mâles qui poireautent dans les halls d'hôtels, devant les toilettes des aéroports ou des salles de concert, des parcs d'attractions, des boîtes, des grands magasins, etc.

Devant toutes les toilettes du monde, en fait ! Certes, il est vrai que si les braves gens qui conçoivent les toilettes collectives avaient un peu observé ce qui s'y passe, ils auraient depuis longtemps compris qu'il en faudrait un nombre deux fois supérieur pour les filles que pour les garçons. Mais non, ils se cramponnent à leur pauvre quota que la nature méprise.

Le fait est que même en dehors de ces circonstances, le temps que vous passez à vous préparer – y compris « pour la nuit » ! – nous fout les nerfs en boule. J'ai connu des commandos de marine qui se préparaient pour la nuit. 35 kg d'équipement, un maquillage qui vise surtout à déstructurer le visage pour ne pas se faire repérer. Alors que vous, vos préparatifs cherchent le plus souvent à vous faire remarquer...

Mesdames, je vous propose trois solutions possibles : soit vous nous annoncez le vrai délai dont vous allez avoir besoin (exemple : j'en ai pour 17 minutes et 24 secondes, et lorsque vous sortirez, rayonnante, 17 minutes et 24 secondes plus tard, on sera soufflés et esclaves de votre charme offrant en plus une fonction chronomètre) ; soit vous y allez au rouleau et à l'aérographe, ce qui, bien qu'offrant un résultat approximatif, présente l'avantage d'être rapide ; soit, mieux encore, vous êtes attendues par trois ou quatre assistantes qui vous aident et vous changent comme les stars entre deux numéros, ou une Formule 1 sur un stand. Ce serait enfin une solution digne de vous ! Bien sûr, il convient de prévoir la taille de votre salle de bains en conséquence. La bonne nouvelle, c'est que quelle que soit la configuration, on vous attend avec impatience !

Tu ne m'as jamais parlé de ça.

Selon vous, messieurs, nous parlons trop. Vous nous faites la réputation de pipelettes qui bavardent sans arrêt à tort et à travers, alors que quelques mots vous suffiraient amplement. En contrepartie, vous avez à nos yeux celle de n'entendre que ce qui vous arrange. La vérité se situe sans doute entre ces deux affirmations. Quelle femme n'a jamais été obligée de rappeler à son compagnon un rendez-vous, une date limite, un délai, et ce plusieurs fois, pour s'entendre répondre : « Je n'étais pas au courant » ? Dans la langue des hommes, « J'ai oublié parce que je m'en fiche complètement » se dit « Tu ne m'en as jamais parlé ». Ou dans la version courte : « Pas au courant. » On peut même vous noter des rappels sur vos téléphones, sur vos agendas, sur des Post-it collés sur le frigo, vous ne les voyez pas. Les Post-it, c'est comme les lutins et les licornes, il n'y a que les enfants sages qui peuvent les voir. Et ensuite, selon votre niveau de mauvaise conscience, vous faites des têtes impossibles en vous exclamant : « Ah ! C'était aujourd'hui ? » ; « Quel dommage que tu ne me l'aies pas rappelé plus tôt, maintenant je suis pris » ; « Ça tombe hyper mal, là j'ai du travail » ; « Kiki fête son anniversaire et je ne peux pas le laisser tomber »... En général, vous concluez par « Y a plus grave » ou, mieux, « Y a pas mort d'homme ». C'est vrai, mais il y a problème de femme ! Avez-vous une idée de ce qu'il faut de talent et de persévérance pour obtenir un rendez-vous en urgence chez le dentiste ? Savez-vous quelle peine cela ferait à votre mère si vous oubliiez son anniversaire ? Est-ce que vous imaginez à quel point ça énerve de toujours répéter les mêmes choses sans jamais être entendues ?

Alors faisons un pacte : on essaie de réduire le flot d'infos que l'on vous transmet si vous vous donnez le mal d'en tenir compte. Quant à vous qui débutez votre relation, partez sur de bonnes bases : allez à l'essentiel de l'info et laissez les garçons louper leur rendez-vous en assumant. Ça leur servira de leçon.

Essayons de réagir comme des adultes...

Dans l'absolu, messieurs, la pertinence de cette phrase ne se dément jamais, quelle que soit la nature du problème. Par contre, dans la pratique, elle est régulièrement la goutte d'eau qui fait déborder le vase et nous fait péter les plombs, à nous les femmes. Autant le préciser tout de suite, en préparant ce joyeux recueil, nous avons beaucoup écouté, observé, discuté, et nous nous sommes aperçus que c'est très majoritairement vous, les hommes, qui l'employez en dernier ressort.

Pourquoi une phrase qui sonne aussi responsable, qui fait appel au bon sens et au dialogue, arrive-t-elle à nous faire disjoncter ? Comment ce paradoxe est-il possible ? Peut-être parce qu'elle est souvent utilisée avec une mauvaise foi révoltante pour essayer de nous calmer une fois que vous nous avez poussées à bout !

Tentons la démonstration par l'exemple : un beau jour, nous sommes en colère après vous. Pas pour une broutille ou un truc que l'on aurait pris de travers, mais pour une faute grave. Adultère, coup de canif dans le contrat, sabotage des ressources, égoïsme caractérisé, énième promesse non tenue, couteau de boucher planté dans le dos, les cornes, que sais-je encore... En général, au-delà de la peine réelle, on commence toujours par vous demander « pourquoi ? » vous nous avez fait ça. C'est alors qu'après avoir tenté de nous expliquer que « ce n'est pas contre nous » et qu'« il convient de relativiser », vous nous balancez tous les principes débiles que des manuels de bien-être écrits par des compilateurs opportunistes vendent et revendent à des âmes en peine. « Chaque épreuve est une chance de faire mieux », « Il faut transformer ses souffrances en opportunités », « Aujourd'hui est le premier jour du reste de ta vie » ou mieux encore « Nous en rirons bientôt ensemble », ce qui revient à nous dire « Sois gentille, oublie tout ce que je t'ai fait bouffer ». Un long catalogue d'esquives lourdingues qui ne marchent jamais.

Lorsque vous vous rendez compte que la sagesse sur papier recyclé ne fonctionne pas et que vous n'allez pas vous en tirer aussi facilement, vous vous lancez dans un plaidoyer tiré par nos cheveux, qui oscille maladroitement entre une piteuse tentative pour minimiser la faute et la valorisation forcée de notre passé commun. En général, c'est pathétique. Et comme vous avez en plus honte de vous être fait piquer, vous en rajoutez encore dans le sirupeux. Car j'en profite pour vous le glisser : le mec bien n'est pas celui qui s'excuse une fois qu'il s'est fait flasher par le radar, c'est celui qui arrête de lui-même avant de s'être fait repérer parce qu'il prend conscience de ce qu'il commet. Cependant, nous n'en sommes généralement plus là quand la phrase en question déboule. Vous vous débattez entre fausse contrition et rappel de tout ce qu'il a pu y avoir de beau entre nous. À ce niveau-là, ça ne s'appelle plus noyer le poisson, ça s'appelle asphyxier l'oiseau ! Et ça nous casse les ailes. Car si nous détectons le moindre regret véritable, nous pouvons baisser la pression, voire pardonner. Mais si nous sentons que vous nous prenez pour des billes en plus de nous avoir trahies, on ouvre le stock de poudre à canon situé juste à côté du cœur. Et là, vous rendant compte que la situation va

dégénérer et vous échapper, que nous allons devenir réellement ingérables parce que légitimement furieuses, vous sortez ce que vous prenez pour un extincteur et qui est en fait de l'huile sur le feu : « Chérie, essayons de gérer ça comme des adultes. » Bouge pas : tu vas voir où elle va te le mettre le boulet, l'adulte responsable ! Comme si nous détruire n'était pas suffisant, il faut en plus que vous nous preniez pour des quiches ? Vous qui souvent, dans ces affaires-là, vous comportez comme des ados boutonneux surhormonés, avez de surcroît l'audace de tenter de nous la faire à l'envers en vous posant en philosophes bardés de sagesse et de recul ! Rien qu'en l'écrivant, je bondis. Alors à mes sœurs bafouées, j'affirme qu'il n'est pas hystérique, en de telles circonstances, de disjoncter face à ce genre de phrase.
Et à mes frères aux actes répréhensibles, je conseille de réfléchir davantage. Avant.

C'est ta famille, tu te débrouilles.

Certaines familles pèsent lourd, très lourd. Au point parfois de provoquer débats et discordes au sein d'un couple. Qui n'a jamais eu à gérer les problèmes de la famille de l'autre ? Qui n'a jamais redouté les dégâts infligés par les membres de l'autre clan ? Tout n'est cependant pas négatif, et certaines familles de conjoint sont une bénédiction. On s'y sent parfois même mieux que dans la sienne. Tout existe, mais quand on en est à dire : « C'est ta famille, tu te débrouilles », c'est qu'il existe un problème.

Jusqu'où, dans un couple, doit-on s'impliquer concernant la « belle » famille ? La réponse dépend de chacun, à l'aune de son temps, de son énergie, de son aptitude à maîtriser les relations humaines. Une chose est cependant certaine : si vous faites équipe avec votre partenaire et qu'il souffre, vous devez vous impliquer pour le protéger. Il ne faut jamais laisser aucune famille s'immiscer dans votre couple. C'est déjà compliqué à deux, mais cela devient impossible si vous vous laissez envahir, manipuler, dévorer par des proches qui ne font pas partie de votre équation. N'écoutez pas les conseils, faites à votre idée, ne prenez pas en charge ce qui ne vous concerne manifestement pas. Vous trouverez toujours des bonnes âmes pour vous refiler leurs problèmes ou vous y associer. Il existe un monde entre le fait d'aider, d'écouter, d'appuyer, et le fait de se retrouver dans des galères dont d'autres se déchargent sur vous. Il faut trouver la limite, et la trouver à deux est d'autant plus simple qu'il y en a toujours un pour garder la tête froide. À deux, on voit mieux. Donc, si vous en avez la force, évitez ce lâchage en règle qui consiste à dire à votre compagnon ou votre compagne qu'il doit se débrouiller tout seul avec sa famille. Ce serait un abandon en plein champ de bataille.

Expliquez, raisonnez ensemble, et trouvez la solution équilibrée qui pourra vous permettre de jouer pleinement votre rôle dans cette famille à laquelle vous appartenez, sans pour autant menacer le lien essentiel qui vous lie à votre moitié.

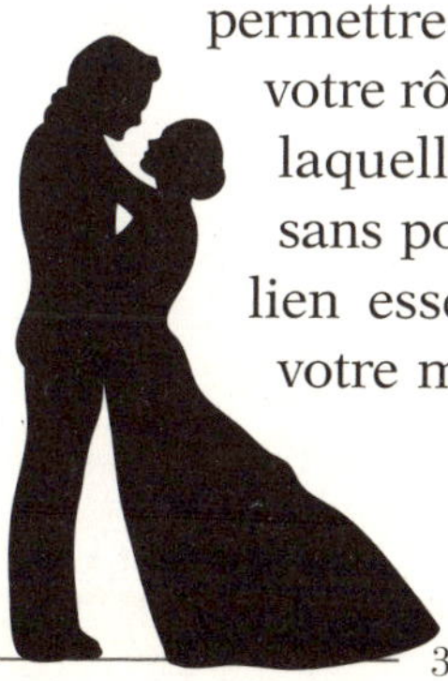

Ça a l'air bon ce que tu manges...

Mesdames, mesdemoiselles, il faut que vous sachiez que cette phrase nous fait peur. Quel homme, se léchant les babines devant sa gamelle si longtemps attendue au restaurant, n'a pas redouté d'entendre ces quelques mots qui vont forcément lui coûter une portion, même minime, de sa pitance ?

C'est toujours le même scénario : d'abord, vos coups d'œil curieux vers notre assiette. De plus en plus insistants, de plus en plus assumés, parce que vous souhaitez qu'on les remarque et qu'on vous propose de goûter avant même que vous ne le demandiez. Ensuite, puisque nous ne voulons rien comprendre, vous verbalisez, sous diverses formes : « C'est cuit comme tu l'aimes ? », « Je me demande quel goût ça peut avoir », « J'ai toujours rêvé d'en manger »... Tous les moyens sont bons pour tenter de prélever une part de notre ration de survie. Avez-vous seulement idée des mécanismes que cela déclenche en nous ?

Petit retour sur quelques principes de base : femmes et hommes n'ont pas le même rapport à la nourriture. Pas du tout. Vous êtes plus fines que nous, plus gourmandes, moins goinfres. Bien sûr, il existe des hommes qui sont de fines gueules et des femmes qui sont d'authentiques labradors. Mais en général, les femmes ont une approche plus complexe, plus épicurienne de la nourriture. Entre ce qu'elles adorent manger et ce qu'elles s'interdisent, entre ce qui est bon pour leurs papilles et bon pour leur corps, il existe un fossé que ni les salles de sport ni les régimes « miracles » ne peuvent combler.

Vous éprouvez, mesdames, une relation étrange vis-à-vis de vos assiettes, un amour-haine, une attirance-répulsion qui ne doit pas être simple à gérer, parce que les différentes forces qui sous-tendent ces sentiments contradictoires sont toutes parfaitement légitimes. De leur côté, la plupart des hommes entretiennent avec la nourriture un rapport nettement plus primaire qui pourrait se synthétiser ainsi : ils mangent pour ne plus avoir la dalle. Pour résumer, vous tentez en permanence de résister à ce qui est calorique, alors que nous avons constamment peur de mourir de faim.

De ce constat découlent plusieurs conséquences. Devant un repas, nous ne sommes pas là pour nous amuser, nous n'avons pas envie « d'entamer un voyage gustatif qui nous entraînera aux confins de sensations éphémères qui enflammeront notre palais réenchanté ». On s'en fout grave. Miam-miam, point barre ! Le plus souvent, nous n'avons rien à faire des jolies garnitures accompagnant des mets minimalistes au point que l'on ne distingue plus ce qui décore de ce qui se mange. On n'a pas envie d'apprendre les noms tirés par les cheveux de plats alambiqués, pas envie d'être distraits par un brin de persil ou l'aromate exotique à la dernière mode venu de pays où il ne pleut pas, où l'amour est roi. Pour tout dire, on s'en méfie. Les noms à rallonge, les sauces qui cachent, les mélanges sucré-salé-moisi-brûlant, sauf de temps en temps pour des événements exceptionnels, on s'en contrefiche. On est là pour alimenter la machine, pour tenir. Même si bien manger est extrêmement agréable, le raffinement n'est pas toujours ce que l'on demande au quotidien. D'ailleurs, lors d'un dîner avec vous, au restaurant par exemple, le principal n'est théoriquement pas ce que l'on mange. Si, d'ailleurs, votre compagnon de table s'intéresse davantage à son menu qu'à vous-même, posez-vous des questions.

Mais ce rapport à la nourriture n'explique pas à lui seul notre réaction face à vos tentatives de goûter à nos plats. Très franchement, en en discutant avec beaucoup de mes congénères, je m'aperçois que nous sommes nombreux à penser que cette démarche vise aussi à vous approcher de nous, à vous rassurer sur le fait que vous pouvez vous permettre une intrusion dans un espace que vous savez hautement sécurisé à nos yeux. En piochant dans nos assiettes, vous testez le fait que vous en avez le droit et que nous acceptons tacitement votre présence dans cet aspect de notre existence que seuls nos enfants peuvent être autorisés à transgresser. Sans doute une autre manifestation de votre envie de tout avoir de nous, de tout visiter, même notre plancha. Touchante tentative qui, réussie ou ratée, ne vous révélera cependant pas les réponses que vous traquez. Car je vais vous confier un petit secret : vous, pour qui l'amour signifie tout partager, devez savoir que pour nous, la nourriture ne relève absolument pas du sentiment. L'affection que vous porte votre compagnon de table, son attachement ou même son amour fou, n'a strictement aucun lien avec son propre repas et le fait de tolérer que vous plongiez dans sa plâtrée. D'où la réaction souvent mitigée même du plus épris des hommes.

Forcément, cela vous inquiète. Vous vous dites qu'il vous rejette. Pourtant, rassurez-vous, cela n'a rien à voir. Un chien peut vous adorer et grogner quand vous approchez de sa pâtée... Beaucoup d'hommes sont des chiens – et cela ne constitue absolument pas une insulte à mon sens, bien au contraire.

Certaines d'entre vous ont peut-être espéré que, comme dans la scène de *La Belle et le Clochard*, votre compagnon pousserait une boulette vers vous avec son museau. Mais même dans ce joli film, si vous regardez la scène attentivement, au moment où Belle et son Clochard partagent un spaghetti en l'aspirant chacun par un bout, lui en mange bien plus qu'elle ! Wouaf wouaf !

Ta mère
a bien raison
à ton sujet...

Lorsque cette phrase s'invite dans un échange, souvent par surprise pour celui qui la reçoit comme une gifle, le temps peut vite tourner à l'orage...

Elle est rarement utilisée pour faire un compliment, mais plutôt pour appuyer là où ça fait mal. Il s'agit alors d'enfoncer le clou, d'accréditer, de donner plus de poids à une charge, en y associant une figure légitime supposée parfaitement vous connaître. Du lourd, donc.

Il semble que cette formule soit davantage employée par les femmes pour étayer un reproche fait à un homme. Autant le dire tout de suite : convoquer la figure tutélaire et intouchable de la « maman » comme témoin de l'accusation sera le plus souvent perçu comme un coup bas de la pire espèce.

Pourquoi cette remarque met-elle les garçons en rogne ? Et pourquoi cette rhétorique peut-elle les pousser à couper court à tout dialogue, ce qui n'est jamais bon ?

Les phrases absolues, les sentences définitives associant les proches de l'autre jusque dans son intimité ne sont jamais innocentes. Elles vexent, elles blessent comme des flèches tirées dans la partie la plus intime du cœur. Certaines formules laissent des cicatrices qui ne s'effacent jamais. Une maman possède toujours une place à part dans la vie d'un homme, mais pas forcément celle que vous croyez, mesdames. Chacun place sa mère où il le veut dans sa vie, en fonction du passé, du ressenti, de sa nature et de son caractère, mais c'est toujours assez loin du cliché dans lequel on caricature trop souvent ce lien unique. Le fait est que beaucoup d'hommes acceptent mal que l'on s'immisce dans cette relation, encore moins pour la détourner et en faire une arme.

Cela nous renvoie aussi à l'image du petit garçon dans laquelle certaines aiment trop souvent nous enfermer, avec pour effet de nous énerver sérieusement et de provoquer un rejet. Nos mamans nous donnent la vie, c'est indéniable, mais elles ne sont pas les seules à nous faire grandir.

Il faut vraiment arrêter de nous réduire à ce raccourci, cette image d'« éternel petit garçon » que la Mère a changé et nourri au sein. Même si c'est une réalité, l'importance que l'on donne à cette étape de l'existence et son rappel systématique finissent par se retourner contre le beau sentiment de reconnaissance qu'elle devrait logiquement provoquer. Face à cet hypothétique jugement maternel, la réaction sera donc d'autant plus forte que celui-ci nous renvoie à quelque chose que beaucoup d'entre nous fuient sans le dire. S'en servir peut s'avérer franchement contre-productif.

Souvent, confronté à ce qui s'apparente davantage à une attaque qu'à un argument, l'homme sera tenté de se fermer, de couper les ponts, et de qualifier celle qui lui aura balancé cette grenade d'« ennemie ». Vous pouvez bien sûr continuer à utiliser ce genre d'argument, mais vous devez vous attendre à ce qu'il vous coûte très cher.

J'ai besoin d'une moto.

J'ai besoin d'une moto.

Ben voyons... Vous avez besoin d'une moto. Là, tout de suite. Évidemment, messieurs, il vous en faut une puissante qui fait du gros vroum ! Gardons-nous d'affirmer hâtivement que cette phrase est forcément une escroquerie parce qu'il est vrai que parfois, des gens ont réellement besoin d'une moto. Le phénomène peut aussi se manifester pour beaucoup d'autres objets : ordinateur, écran géant, vélo... La liste n'est pas limitative ! Mais franchement, puisqu'on discute sans langue de bois, la plupart du temps, avec plus ou moins de talent, cette affirmation a tout de l'enfumage qui vise simplement à crédibiliser votre désir d'un nouveau jouet !

On reproche souvent aux hommes de ne pas parler, de ne pas expliquer, mais il est un cas où vous devenez soudain remarquablement loquaces et capables d'aller chercher les arguments au fond du cul de la vache, comme disent les vétérinaires. On le sait, et d'ailleurs on vous aime aussi pour cela, vous vous enthousiasmez pour tout et n'importe quoi, quitte à vous lancer dans ces nouvelles quêtes avec un entrain que nous ne qualifierons pas de juvénile puisque ça vous exaspère, mais quand même. « Je vais me remettre au sport », « Ce serait mieux si j'apprenais à piloter », « Tu pourrais me joindre plus facilement si j'avais un portable neuf », « Ce nouveau blouson serait un avantage pour ma carrière », « Tes séries coûteraient moins cher dans un bouquet qui propose aussi toutes les chaînes de foot »... On pourrait en remplir des pages.

Pour aborder ces sujets soudain urgents, vous usez toujours de la même tactique. Vous vous approchez, vous faites semblant de vous intéresser à quelque chose dont vous n'avez strictement rien à faire d'habitude – genre ce que l'on cuisine, la façon dont on se maquille ou nos vêtements – et, avec un ton qui se veut détaché, vous lâchez un truc supposé être gentil mais qui tombe souvent à plat – « Tu coupes vachement bien les carottes », ou « Super tes nouvelles chaussures » alors qu'elles ont deux ans – et vous passez directement à l'offensive : « Tu sais, j'ai pensé à un point important... »

J'ai besoin d'une moto.

Messieurs, on vous connaît. On vous voit jouer avec des chiens, applaudir parce qu'un de vos semblables a mis une sphère en peau de vache dans une cage en corde, ou prendre un air d'expert en buvant votre sixième bière. On est sympas, mais on n'est pas complètement stupides non plus ! Ce qui nous énerve, ce n'est pas que vous ayez ce genre d'envie – cela nous arrive aussi. On pourrait disserter sur le pourcentage de nos envies à nous qui concernent la séduction et la famille alors que les vôtres n'ont souvent pour but que de vous amuser… Tout est une question de point de vue. Non, ce qui nous attriste, c'est que vos désirs soudains doivent fréquemment s'épanouir au détriment d'autres priorités. On croise régulièrement des hommes qui rognent sur le confort de leurs proches, ou même sur le financement des études de leurs enfants, pour se payer une voiture ou partir en trek avec des potes. Et là, ce ne sont plus des envies, c'est de l'égoïsme.

Qu'est-ce que t'as fait à tes cheveux ?

On ne le dira jamais assez : votre coiffure, mesdames, est une carte maîtresse dans le jeu de votre séduction. Chacun ses goûts, mais je ne connais aucun homme qui n'accorde pas une importance, même inconsciente, à vos sublimes crinières. Courtes, longues, brunes, blondes, rousses, lisses ou bouclées, peu importe. Déroulés en longues boucles ondulantes, coupés à la garçonne, ramassés en chignons impeccables, vos cheveux sont l'objet de nos regards et affolent le désir. Quel homme n'a jamais rêvé d'y perdre ses doigts ou d'avoir la chance de les respirer ? Les icônes féminines accèdent aussi au firmament de la gloire grâce à leur coiffure. Ne sous-estimez jamais son importance à nos yeux. Pour les scientifiques qui étudient notre espèce, vos cheveux sont même classés dans les caractères sexuels secondaires, c'est dire leur importance !

Mais voilà, poussées par une constante envie de changement, vous vous acharnez à varier les coupes, les styles et même les couleurs. J'ai des copines que je ne reconnais pas d'une fois sur l'autre et qui, à force de tenter toujours plus dans une surenchère sans fin, me feraient même vraiment peur si je les croisais dans une rue sombre ! Nous savons que vous avez besoin de vous réinventer régulièrement. Beaucoup de femmes, quand elles ont le moral en berne ou à l'occasion d'un changement de vie, foncent chez le coiffeur. Pas question de vous blâmer de ce qui peut vous faire plaisir, mais il faut que vous compreniez un point qui conditionne notre réaction. Certains hommes adorent le changement perpétuel, d'autres se foutent complètement de votre arrangement capillaire crânien, mais la plupart d'entre nous n'aimons pas le changement, surtout quand on apprécie ce qui existe déjà. Quand on aime quelque chose, ou quelqu'un, on se méfie de ce qui peut l'altérer. Donc, il n'est pas tant question de dissuader les hommes de lancer « Mais qu'est-ce que t'as fait à tes cheveux ? » que de vous supplier, de vous implorer de ne pas nous placer dans la situation d'avoir à le dire. Parlez avec votre compagnon, demandez-lui. Consultez-le ! S'il adore vous découvrir avec une tête différente toutes les trois semaines, alors allez-y franchement. Tentez même la boule à zéro ou la barbe et la moustache. Mais dans le cas contraire, par pitié, prévenez avant de vous métamorphoser. Beaucoup d'entre nous sont comme des fauves et si notre dompteur/soigneur change de parfum ou de tête, on peut ne pas le reconnaître et être tentés de le dévorer quand il rentre dans la cage. D'autant que, soyons clair, j'ose poser la question taboue : l'incroyable potentiel de création capillaire offert aujourd'hui est-il réellement une chance ? Toutes ces peintures, ces teintures, ces traitements qui vous éloignent de votre couleur naturelle jusqu'à vous faire ressembler à une meule de foin irradiée sont-ils un vrai plus ? Hier encore, j'ai croisé une jeune fille vraiment jolie qui s'était tellement trafiqué les cheveux à coups de mèches, de balayages, de dérivés chimiques qu'elle ressemblait à un mannequin d'Halloween alors que ce n'était pas le jour. Le plus n'est pas forcément le mieux. Ne prenez pas au sérieux ces photos retouchées de femmes artificielles qui ne sont là que pour vous vendre des produits toxiques. Les joyeux chimistes qui mettent au point ces « soins miracles » doivent probablement interdire à celles qu'ils aiment de les utiliser. Normal, ils sont du métier. Ne voyez dans ma diatribe, mesdames, qu'un plaidoyer pour vos cheveux et tout ce qu'ils représentent pour nous. Le soin le plus efficace, c'est encore de s'accepter et de trouver celui à qui cela plaît. Économique, écologique et sensuel !

C'est juste une copine...

Pour cette phrase, Pascale et moi n'avons pas réussi à parler d'une seule et même voix. Ce n'est pas un problème. D'un côté, il y a le vieil adage féminin qui affirme que lorsqu'un homme fréquente une femme, ce n'est jamais innocent – sauf s'il la connaît depuis son enfance. De l'autre, le point de vue masculin clame qu'il faut arrêter de voir de la séduction partout ; que parfois, nos meilleurs potes sont des filles et que cela ne veut pas dire pour autant que l'on couchera avec. Le débat est passionnant, d'autant que le point de vue peut s'inverser lorsque c'est vous, mesdames, qui nous déclarez : « C'est juste un copain… »

Pascale et moi sommes d'accord sur un point essentiel : tout est affaire d'honnêteté, d'abord envers soi-même. Si on analyse un peu plus en profondeur la nature des liens qui nous attachent à ces « juste une copine », il est possible, en notre for intérieur, de comprendre ce qui nous motive vraiment. Tous les hommes ne vivent pas uniquement pour courir après des fantasmes, et nous réduire à l'état de bêtes assoiffées de sexe est aussi irritant que de vous rabaisser à celui d'obsédées de la maternité. Se questionner soi-même sur les véritables raisons qui nous poussent à aimer quelqu'un est, de plus, une excellente façon de mettre en lumière ce qui confère toute sa valeur à cette personne. Je regrette sincèrement que l'on ne puisse plus faire de compliments à une femme sans risquer le procès. Un compliment n'est pas forcément une tentative de drague. Faut-il que nous soyons tous tombés aussi bas pour tout confondre… Dommage pour les femmes qui les suscitaient, et dommage pour nous.

Alors, soyons honnêtes avec nous-mêmes. Pourquoi avoir cette copine ou ce copain ? J'ai moi-même beaucoup d'amies sans qu'il y ait la moindre ambiguïté. Pour quelle raison ? Sans doute parce que j'ai Pascale dans ma vie, et que je suis heureux avec elle. Si par malheur, cela devait changer un jour, de son fait ou du mien, alors nous vous jurons d'écrire un nouveau livre en expliquant pourquoi on s'est plantés et en vous avouant tout, histoire que vous vous en sortiez mieux que nous. Le bonheur est une pagode qui se dresse au pied d'un volcan en éruption. C'est beau, fragile, et n'importe laquelle des flammèches qui tombent du ciel peut y mettre le feu et la réduire en cendres, au point que cinq minutes plus tard, on ne verra même plus qu'elle a existé. C'est désolant, mais c'est la réalité. Alors encore une fois, tout repose sur une honnêteté personnelle et une confiance réciproque. Chacun est libre de ses choix, chacun peut aimer ou juste coucher avec autant de personnes qu'il ou elle le désire. Le tout, c'est d'être cohérent. Je trouve déplorable que l'on se retrouve suspect parce qu'en tant qu'homme, on se lie d'amitié avec une femme. Ceux qui trahissent ce très beau sentiment pour dissimuler des relations d'une autre nature sont coupables de le polluer. Assumez !

Lorsque j'ai commencé à avoir du succès, beaucoup de nos amies ont demandé à Pascale comment elle supportait de voir toutes ces femmes m'écrire, m'approcher, m'apprécier. Contrairement à beaucoup d'auteurs, je n'ai jamais caché celle que j'aime. Je ne me suis jamais prétendu célibataire pour jouer un jeu auquel je ne crois pas. Et contrairement à ce qu'affirment celles et ceux qui retirent leur alliance avant d'aller vous rencontrer, j'ai pu constater que cela ne pose aucun problème. Alors n'ayez pas peur d'avoir des copines ou des copains, ne vous privez pas de ces amitiés auprès de l'autre sexe qui sont autant de fenêtres ouvertes sur la vie.

Je vais t'aimer
comme
personne avant...

Chers confrères, parlons un peu entre mecs. Une sorte de conversation de vestiaire. Suivant les âges et le niveau d'éducation, cette phrase – quand il s'agit de sexe – peut prendre diverses formes : « Je vais te sortir le grand jeu », « Je vais te faire oublier tout ce que tu as connu avant », « Tu vas vivre la nuit de ta life », « Je vais te déboîter », etc. Autant vous le dire tout de suite, les amis : même sous le coup des hormones en fusion, interdisez-vous ce genre de propos. C'est au minimum prétentieux, et de toute façon d'une grossièreté absolue. Ces accès de certitudes supposées annoncer un exploit sexuel à venir sont ridicules et nous renvoient bien avant l'âge de pierre, à l'époque où l'homme était encore un mollusque. En ce temps-là, il était compréhensible qu'un poulpe mou et visqueux puisse s'approcher d'un autre en tentant de le regarder dans ses dix-huit yeux pour lui déclarer d'une voix suave et étrangement bien articulée : « Ça va être ta fête ! » Mais depuis, après plusieurs millions d'années d'évolution, nous sommes censés avoir développé un cerveau et un minimum de tout ce qui se situe en dessous. L'expérience démontre tous les jours que ce n'est pas vrai pour tout le monde... N'oubliez pas de surcroît que plus vous aurez frimé avant, plus vous serez jugé avec sévérité ensuite.

Je m'adresse ici aux plus jeunes de la gent masculine : il faut que vous compreniez que les femmes ne fonctionnent pas tout à fait comme nous sur le plan des relations physiques. Même si parfois elles ne sont pas moins animales que nous – et tant mieux si c'est ce qu'elles souhaitent –, sur la durée d'une vie, elles finissent par donner toute sa place au sentiment. Les plus évoluées d'entre elles, comme chez nous d'ailleurs, en prennent conscience assez tôt. Quoi qu'il en soit, vous feriez mieux de comprendre votre partenaire et de respecter sa particularité plutôt que de tenter de vous construire une image pathétique de fougueux étalon. Détendez-vous, arrêtez de vous chercher une image de tombeur absolu ou de machine à faire l'amour. Tout le monde s'en fout. Par respect pour les femmes, écoutez-les, amusez-les, offrez-leur ce que vous êtes de plus vrai, et le reste ne regarde que vous.

Quand on aime
quelqu'un,
on passe toutes
ses vacances avec !

Cette déclaration, mesdames, est très représentative d'un mécanisme qui vous est propre et qui souvent nous panique totalement. Lorsque nous avons la chance que vous tombiez amoureuses de nous, vous nous voulez en entier. Votre idéalisme sentimental et votre puissance affective vous poussent tout à coup à ne plus penser qu'à nous, à ne parler que de nous, à tout faire pour nous. Nous devenons soudain le centre de votre monde. Celles qui ont réellement été amoureuses me comprendront, ainsi que leurs proches qui n'en peuvent plus d'entendre parler de nous !

Cette phase n'est évidemment pas toujours la même. Son intensité, son rayon d'action et la façon dont elle se concrétise peuvent varier. Un de mes potes s'est quand même fait kidnapper par sa bien-aimée. Je vous jure que c'est vrai. Parce que vous avez cette faculté extraordinaire à donner une importance absolue aux sentiments, certaines d'entre vous ne veulent plus lâcher leur « chéri » d'une semelle. Et ça nous fait peur. N'y voyez pas la preuve que l'on vous aime moins, pas plus que le témoin de quelque chose à cacher, mais sans doute sommes-nous moins exclusifs que vous, et, bien qu'amoureux, nous n'oublions pas tout à fait le reste de l'univers.

Pour en revenir à la phrase « Quand on aime quelqu'un, on passe toutes ses vacances avec », je dois vous confier un petit secret. Je ne l'ai pas inventée. Pascale me l'a dite. Un matin, furieuse, dans la rue, alors que je lui disais au revoir pour partir en séjour sportif avec un copain. Je l'ai découverte tout à coup jalouse et malheureuse. Pourtant, c'est moi qui avais insisté pour que l'on se mette ensemble. C'est moi qui lui avais couru après. Je rêvais de vivre avec elle. J'ai tout fait pour. Et puis j'ai pris quelques jours pour aller pagayer avec un ami. Et là, j'ai compris un truc qui m'a fait flipper ! En me jetant cette phrase, Pascale, sincère, a démarré en trombe et m'a roulé sur le pied. J'en profite pour vous préciser qu'elle a des yeux magnifiques quand elle est énervée. J'ai eu mal au pied, mais pas seulement. Je ne faisais rien d'incorrect. C'était prévu de longue date. Je me suis alors demandé si je devais renoncer, s'il fallait effectivement ne plus rien vivre d'autre sans elle. Une sorte de prison, même si on aime. Un fil à la patte, même si on l'a noué soi-même. Je suis parti, j'y ai beaucoup pensé. Une sorte de mauvaise conscience m'a un peu gâché la balade et on en a parlé ensemble quand je suis rentré. On s'est compris et ce n'est plus jamais arrivé. Je suis tous les jours témoin d'hommes qui abusent de cette liberté nécessaire et qui, du coup, alimentent une image négative de son exercice naturel. Combien passent leur temps à s'amuser pendant que leur compagne prend en charge la vraie vie ? Je le sais, on le sait tous. Devons-nous cependant être condamnés pour eux ? D'autant que quelques années plus tard, quand la phase « tu es à moi, ne t'éloigne pas » s'apaise, vous êtes bien contentes, mesdames, de vous faire des week-ends entre filles, et c'est génial !

Aujourd'hui, même si mon pied droit a encore peur de Pascale et refuse de lui parler, nous passons presque tout notre temps libre ensemble. Et on en rigole. Si vous avez confiance, laissez-nous de l'air, cela nous offre la place de prendre notre élan pour mieux courir vers vous.

T'as pas vu ma chemise bleue ?

Souvent, messieurs, vous lancez ces mots d'une pièce à l'autre, sans même vous donner la peine de venir nous les dire en face, parce que vous ne trouvez pas ce dont vous avez besoin. Pourtant, il vous la faut, là, tout de suite, cette chemise, ou cette cravate, ou vos clés. On se trouve donc selon vos critères dans une situation d'urgence absolue. C'est un grand classique de la vie de couple ! La situation peut aussi se décliner alors que vous cherchez des papiers importants, un courrier égaré, ou pire, un outil dont vous êtes le seul à vous servir et que nous serions quand même coupables d'avoir déplacé… Quoi qu'il en soit, vous en avez une nécessité impérative et immédiate. Votre réaction est toujours la même : vous vous tournez vers nous pour demander n'importe quoi, à n'importe quelle heure !

Ce schéma de phrase est symptomatique et révèle deux aspects essentiels de votre personnalité :

1) Souvent, vous ne savez pas ce que vous faites de vos affaires.

2) Vous êtes viscéralement convaincus que c'est à nous de nous en occuper.

Le précieux document sera sans doute bientôt retrouvé dans un endroit totalement inapproprié, ou dans votre poche. La chemise est vraisemblablement dans le panier à linge sale ou roulée en boule au fond du coffre de votre voiture. Mais le raisonnement est identique : vous ne savez pas, alors vous vous en remettez à nous parce que nous sommes supposées avoir la solution. Le phénomène s'amplifie encore quand nous avons eu des enfants avec vous. Soudain, nous sommes promues au rang de blanchisseuses express, de rangeuses expertes et d'archivistes à un niveau proche du doctorat.

Parfois, l'énigme de la disparition est simple à résoudre, car vous êtes capables d'avoir fourré votre clé à molette dans la poche de votre chemise qui est passée à la machine, peut-être même avec cette lettre si importante, mais qui du coup est devenue illisible. D'autres fois, l'affaire s'annonce bien plus complexe. Il faut alors mener un interrogatoire – « À quand remonte la dernière fois que tu l'as vue ? », « Lui connaissais-tu des ennemis ? », « Ta clé à molette avait-elle l'air déprimée au point de tenter de se noyer dans les toilettes ? », etc. Bref, ce genre de comportement de temps en temps peut s'avérer un travers charmant qui nous fait beaucoup rire, mais à répétition, c'est carrément gonflant. Rangez vos affaires, et si vous avez besoin d'un vêtement pour une occasion précise, dites-le clairement assez longtemps à l'avance pour qu'il puisse être lavé et repassé – par nous ou par vous d'ailleurs – dans un délai raisonnable. Puisque nous en sommes là, demandez-vous pourquoi, assez souvent, on vous réplique : « Je ne suis pas ta bonne ! »

L'enlacer outrageusement en mettant « mon » devant son prénom.

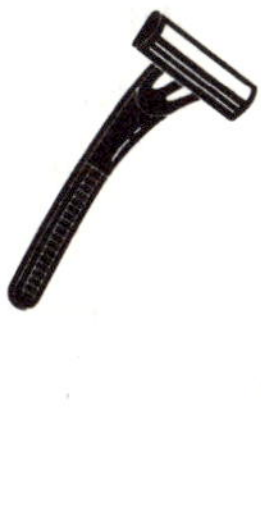

Les femmes ont une capacité à s'attacher hors norme. Tant mieux pour nous. Nous avons besoin de votre inépuisable réserve d'affection, de cet engagement absolu dont vous êtes capables par amour. Se sentir aimé est un luxe, un soutien, une force, un bonheur, et un privilège rare. Mais si le sentiment est magnifique, la façon de le manifester est parfois plus… surprenante.

Parfois, dans la rue, les amoureux se tiennent par la main. Certains hommes manifestent leur lien avec leur compagne en la tenant par la nuque, ce qui s'apparente à montrer ouvertement une sorte d'emprise physique. Pascale a attiré mon attention là-dessus. Il existe mille façons d'expliciter l'existence d'un couple. Nous connaissons des copines qui sont de véritables lierres, des plantes grimpantes qui s'enroulent, enlacent, s'attachent aux bras, aux fesses, au torse, n'importe où, n'importe quand. Je me souviens d'une amie tellement amoureuse qu'elle vivait la moitié du temps suspendue au cou de son mec, qui n'en pouvait plus. Elle l'étouffait – au sens littéral du terme. Un jour, elle a même réussi à les faire tomber dans l'escalier d'un hôtel parce qu'il était inconcevable que, même pour descendre quelques marches, ils soient séparés… Amour, quand tu nous tiens par les cervicales… Pas de chance pour elle, son grand gaillard de bonhomme lui est tombé dessus et elle s'est foulé le poignet. Amour, quand tu nous pètes les ligaments…

L'un des symptômes d'attachement en vigueur chez les amoureuses extraverties consiste à nommer leur compagnon en mettant « mon » devant leur prénom. Une spectaculaire marque d'affection qui confine à l'appropriation. La plupart des hommes n'y prêtent aucune attention, mais un certain nombre d'entre eux détestent ça, et même s'ils n'osent pas le dire, ils s'efforcent d'installer une distance vis-à-vis de cet aspect aussi gluant qu'ostentatoire.

L'une des toutes premières lettres que Pascale m'a écrites débutait par « Mon Gilles », ce qui m'avait beaucoup fait rire, même si ça n'avait pas du tout été son but. J'ai d'ailleurs payé grave. Je lui avais répondu en signant : « Mon Gilles ». Pas malin le garçon, mais à ma grande honte, je ne compte plus les faux pas commis en croyant être drôle. J'essaie de progresser, mais ce n'est toujours pas gagné. Enfin bref, on en avait discuté avec Pascale. Paradoxalement, à l'époque de cette lettre, je ne lui appartenais pas. Aujourd'hui, on s'écrit encore, souvent, même si on passe la plupart de nos journées ensemble. Il ne lui viendrait plus à l'idée d'écrire « Mon Gilles », même si elle sait que je lui appartiens entièrement et que j'en suis heureux.

N'éclatez pas
de rire
quand on fait
quelque chose.

Savez-vous, messieurs, ce que l'on ressent quand on tente de faire de notre mieux et que vous vous foutez de nous ? Je vais m'efforcer de vous expliquer : pour des raisons qu'une encyclopédie en 30 tomes ne suffirait sans doute pas à analyser, nous, les femmes, par nature ou parce que depuis des siècles on ne nous laisse pas faire, avons moins l'habitude que vous de pratiquer certaines activités. Bien sûr, il existe des points sur lesquels vous êtes souvent plus doués que nous – la réciproque est vraie. Mais la plupart du temps, on se retrouve en situation d'être en charge, et nous faisons de notre mieux.

C'est volontairement qu'à ce stade, je ne donne aucun exemple précis, parce que cela nous limiterait à des clichés dont il est grand temps de s'extraire.

Chacune et chacun mettra sa propre expérience derrière ce ressenti : on tente, on ne s'y prend pas forcément de la meilleure façon – parfois même, on fait seulement d'une autre manière que la vôtre – mais on est de bonne volonté et tout ce qu'on récolte, c'est un regard moqueur, voire un grand éclat de rire... Non seulement ça fait mal, mais en plus, ça nous coupe l'envie de continuer à faire des efforts. Vous feriez mieux de nous encourager, sincèrement ! Aucune de nous n'est ennemie d'une bonne crise de rire, même à nos dépens, à condition qu'il ne s'agisse que d'humour auréolé de bienveillance, et pas d'ironie teintée de condescendance.

Vous avez un avantage sur nous, incontestable : lorsque quelque chose ne vous valorise pas, lorsqu'une des fonctions du quotidien vous entraîne sur un terrain qui vous déstabilise, alors vous n'y touchez pas, vous bottez en touche, et c'est nous, vos compagnes, qui nous retrouvons à nous en occuper. Vous avez cette fascinante aptitude à nous refiler ce qui ne vous convient pas. Extraordinaire ! Et nous, le plus souvent, on s'en charge effectivement ! Il est vrai que nous ne sommes peut-être pas douées avec une perceuse – quoique j'aie des copines qui pourraient en remontrer à des pros –, mais que valez-vous avec un fer à repasser sur une de vos chemises que vous aimez tant ? Quelle tête vous feriez s'il s'agissait d'organiser et de cuisiner un dîner pour quinze personnes, ou si vous deviez recoudre un bouton de ladite chemise ? Et de manière plus générale, comment vous en sortez-vous avec ce qui demande minutie, précision et patience ? Bref, tout est affaire de nuances, mais le fait est qu'éviter de vous moquer de nous au moment où nous essayons d'assurer serait un vrai mieux. Appelons ça un gage de respect, voire d'affection. C'est assez joli, non ? Alors vous nous trouverez toujours complices pour rire avec vous quand, par votre faute ou la nôtre, ça aura copieusement raté et qu'il faudra éteindre le feu !

Je te jure que si tu fais ça…

Beaucoup de choses peuvent venir compléter ce serment finalement assez représentatif. « Je te jure que je me vengerai / que je mets le feu à ta moto / que je dis tout à tes collègues / que j'en parle à un copain plus grand que toi qui va te faire une tête petite comme ta.... », etc. Mais cette menace n'est pas à l'usage exclusif des femmes. « Je déchiquette ta robe préférée / je balance toutes tes affaires à la benne / je mets les photos sur les réseaux »... La vie offre de multiples occasions de commettre le pire ! Mais n'oubliez pas que dès qu'il est question de menace, vous courez le risque d'une escalade non contrôlée. Mesdames, messieurs, n'engagez les hostilités que si vous n'avez plus d'autre choix. Dans toute colère, il arrive toujours un moment où la raison n'est plus la bienvenue. Vous n'êtes pas convaincu(e)s ? Allons jusqu'au bout de la logique pour vous donner un aperçu du futur. Si vous en êtes là, alors bon courage, parce que ni les hommes ni les femmes n'aiment les coups tordus, et chacun de ceux que vous infligerez à l'autre vous reviendra forcément dans la figure, sans qu'il soit possible de prédire le moment ou la puissance du choc en retour. Petit conseil tactique : si vous êtes vraiment à couteaux tirés, n'annoncez pas vos intentions. Agissez, mais en conscience. Si ça vous chante, mettez le feu aux poudres ! Allez-y ! C'est votre vie, après tout. Libre à vous d'imaginer les rétorsions les plus folles, mais il faudra ensuite assumer. Ne venez pas vous plaindre. Car une fois la colère retombée – et elle retombe toujours –, qui va réparer la moto ou recoudre la robe ? Ou l'inverse ? À quoi ressemblera le résultat ? Et surtout, qu'aurez-vous gagné au final ?

Par contre, si vous voulez avoir une chance de sauver la situation, évitez de vous lancer sur le sentier escarpé de la surenchère, car il conduit toujours au bord d'une falaise…

T'es vraiment obligée de prendre la voiture ?

Les statistiques des assurances sont sans appel : 72 % des accidents graves impliquant des blessures ou pire sont le fait des hommes... mais 81 % des incidents mineurs qui font vivre les carrossiers sont dus aux femmes. Donc, pour tenter de résumer, on peut dire que vous faites moins grave, mais beaucoup plus souvent.

Le fait est que les hommes entretiennent un rapport étrange avec leur voiture. Beaucoup d'entre nous ne parlent que de Ferrari et d'Aston Martin, même s'ils roulent en Dacia – qui sont d'ailleurs d'excellentes bagnoles. Pour nous, mesdames, les voitures sont nos robes du soir, nos escarpins, notre sac à main, l'accessoire ultime qui impose une image et nous aide à affirmer qui nous sommes. Si vous prenez le temps d'envisager la situation ainsi, vous vous apercevrez que je caricature à peine. Je précise cependant que tous les hommes n'ont pas besoin d'une voiture pour s'affirmer, heureusement.

Du coup, la suite du raisonnement est plus simple à expliciter : aimeriez-vous prêter vos chaussures préférées et les voir revenir avec le bout tout éraflé ? Pourriez-vous confier votre sac à main, même à votre meilleure amie, si vous saviez qu'elle risque de vous le rendre abîmé ? Soyez honnêtes, la réponse est non. Eh bien pour nous, la voiture, c'est pareil. Vous allez voir qu'on va finir par se comprendre.

Pour vous, le plus souvent, une voiture n'est qu'un assemblage de tôles et de pièces mécaniques mystérieuses qui permet d'aller d'un point A à un point B. À nos yeux, c'est le moyen d'échapper aux tueurs qui nous pourchassent parce que nous sommes bien plus que des mecs normaux ; c'est un rêve de vitesse et de classe (qui en plus fait vroum vroum et tût tût) ! Pouvez-vous concevoir ce que tout cela a de beau ? C'est un rêve capable de prendre les virages sur deux roues et dans lequel on peut écouter de la musique à fond ! J'en vois déjà parmi vous qui rigolent, alors permettez-moi un parallèle : que représente votre sac à main à vos yeux ? Pour nous, c'est un nid à bordel dans lequel on n'a même pas le droit de regarder tellement c'est intime pour vous. Bon, avouons – on est bien contents de pouvoir compter sur ce que vous êtes capables d'emporter dedans. Mais franchement, est-ce que vous pouvez vous enfermer dans votre sac à main quand il pleut ? Y a-t-il de la lumière, de la musique dedans ? Je vous propose donc de mettre fin à cette grande incompréhension réciproque : ne vous foutez plus de nous avec nos bagnoles et on respectera vos sacs à main. Apprenons à nous prêter nos affaires !

P.S. : Et si vous mettiez un klaxon et un gyrophare sur votre Vuitton ? Trop classe !

Joyeux anniversaire ! (le mauvais jour)

L'erreur est humaine. Elle est même la plus fidèle compagne de notre espèce. Donc, il n'est pas question de vous accabler, messieurs, mais le fait est que la tendance est là. Vous et les dates, c'est une histoire impossible, un rendez-vous manqué – comme celui du dentiste que vous avez encore planté parce que vous ne notez rien et que vous comptez sur nous pour vous le rappeler.

Bien sûr, il existe des hommes à l'organisation sans faille et des femmes qui oublient chaque jour leur propre adresse. Mais au-delà de ce que les généralités peuvent avoir de réducteur, force est de constater que souvent, vous les garçons, vous avez du mal avec les dates, les anniversaires et les rendez-vous.

Même si cela complique parfois la logistique, là n'est pas le plus grave. C'est lorsqu'il s'agit de dates qui comptent pour celles et ceux que vous aimez que ça devient vraiment important. S'il vous plaît, pourriez-vous faire un petit effort ? J'ai la chance de vivre avec un homme comme il y en a beaucoup, hyper pro dans le travail mais incapable de se souvenir d'une date d'anniversaire. « Trop de données à mémoriser, je ne retiens que le plus important », dit-il. Vu ce qu'il gère, il n'a pas complètement tort. D'ailleurs, il oublie souvent sa propre date de naissance ! Je l'ai vu donner à la place celle des enfants ou même la mienne. Mais je l'ai aussi vu faire l'effort d'apprendre par cœur les dates qui comptaient, notamment pour sa mère ou pour ses proches, parce qu'il ne voulait pas les peiner en les manquant. Lorsqu'il achète un nouvel agenda, c'est même la première chose qu'il note dedans. Et je dois vous dire que le voir faire cela me touche, parce que ce n'est pas du tout son truc, mais qu'il y fait attention par affection. Dans ces cas-là, vous n'imaginez pas à quel point on trouve les hommes beaux. Vous avez bien un agenda quelque part dans votre smartphone ?

T'es trop chou !

Non, non et non. Nous ne sommes pas « trop chou ». On n'est pas non plus « mignon » quand on est âgé de plus de quatre ans. S'il vous plaît, mesdames, n'utilisez pas ces expressions réservées aux enfants « qui sont tout mimis » quand vous parlez des hommes. Les plus affectueux d'entre nous font parfois des choses pour vous faire plaisir. Un dîner romantique, une surprise, des fleurs inattendues, un bijou sans raison particulière. Ces gestes sont autant de témoignages d'un engagement et du désir de vous rendre heureuses. Cela peut se manifester de bien des façons : vous préparer un repas, dresser une jolie table au cœur du quotidien... Chacun essaie à la mesure de ses moyens. Toutes ces attentions sont choisies pour vous, exclusivement pour vous, selon vos codes et ce que nous pensons pouvoir vous être agréable. Parce que pour nous, ces actes n'ont pas la même signification, voire pas la même importance du tout. Alors souvent, on est maladroits, surtout les premières fois, et se faire accueillir par un « T'es trop mignon », qui a priori n'a rien d'insultant, nous tétanise. Mais pourquoi donc ? Parce que c'est en tant qu'hommes que nous tentons de plaire à l'élue de notre cœur. Nous ne sommes pas des petits garçons qui cherchent à faire plaisir à leur maman ! Or ce vocabulaire enfantin auquel vous nous rattachez nous renvoie directement à cela. Certaines femmes se plaisent à considérer les hommes comme d'éternels enfants sur qui elles posent un regard vaguement condescendant de mère potentielle. C'est le meilleur moyen de nous vexer et de nous éloigner. Un homme n'est pas toujours un enfant dans un corps d'adulte. N'en déplaise au cocaïnomane pervers qui prétendait avoir compris les tréfonds de l'esprit et dont les affirmations glauques ont enthousiasmé les esprits perdus en quête de formules simplistes supposées clarifier la complexité de notre espèce. Un enfant est un homme en devenir. C'est ainsi que la plupart d'entre nous réagissons. D'ailleurs, je vous invite à réfléchir en inversant les rôles : connaissez-vous des hommes bien qui considèrent les femmes comme d'éternelles petites filles et les renvoient à cette image ? Vous constaterez sans doute que c'est rare. Par pitié, ne nous collez plus cette image de bambin qui tend un cadeau de fête des Mères chaque fois qu'il essaie d'être gentil. On s'efforce juste de vous faire plaisir, pas d'être chou !

Tu te souviens
du jour où on s'est
embrassés
pour la première
fois ?

Ben non. Et ce n'est pas si grave. Parce que pour être tout à fait honnête, le petit bisou échangé à la hâte dans un lieu qui n'est en général absolument pas fait pour cela n'est pas exactement ce que nous avions en tête. À tous les sens du terme, le bisou n'est que l'amuse-bouche (je prends quelques instants pour rire tout seul de ma blague nulle, pardon).

Parfois, mesdames, il faut vous courir après. J'en sais quelque chose. Surtout à une époque où vous approcher devient compliqué parce que des abrutis, hommes et femmes – mais sur ce point, j'admets que le masculin l'emporte largement –, brouillent la partie et polluent nos images réciproques. Afin de rendre la situation plus claire, je suis encore une fois obligé de forcer le trait et de généraliser ce qui ne peut pas l'être. Merci de votre compréhension. Chacun apportera la nuance qu'il souhaite dans ce schéma.

Lorsque vous tombez amoureuses, vous idéalisez autant ce qui vous arrive que ce que nous sommes. Vous vivez une grande histoire, *votre* grande histoire ! Celle qui a toujours trop tardé, celle qui efface toutes les autres parce qu'elle va les surpasser. Elle concrétise vos rêves et les dizaines de clichés que notre société de consommation et plusieurs siècles de civilisation vous ont bourrés dans le crâne. Il y a d'abord tout ce que l'on est censés accomplir pour vous, ces passages obligés supposés vous apporter le bonheur. Les dîners pour blablater, le jour où les bouquets sont obligatoires pour les amoureux, le genou à terre pour la bague dans le resto rempli de pauvres gens qui doivent acclamer ce moment mille fois vu dans les séries et les films. Si toutes les cases sont cochées, en temps et en heure, vous vous retrouvez au matin du plus beau jour de votre vie – votre premier mariage – à vous faire coiffer et maquiller pendant des heures, au point que votre futur mari n'arrivera peut-être plus à vous reconnaître quand vous arriverez à la mairie...

Pour nous, les choses sont un peu différentes. Pas qu'un peu, en fait. Une part significative d'entre nous cherche simplement une personne, la plus jolie possible, avec laquelle coucher. Je vous déconseille formellement de vous engager avec ces gars-là, sauf si vous savez exactement ce qu'ils veulent et que cela correspond à votre schéma de vie, ce qui est votre droit le plus strict. Parlons des hommes pour qui les femmes sont surtout des partenaires qu'ils respectent et avec qui ils veulent bâtir un futur. Ces hommes-là existent et sont bien plus nombreux que vous ne le pensez. Mais pour leur malheur, ils n'ont pas toujours la tête des jeunes premiers baraqués qui accaparent parfois vos capteurs... Ceux-là ne sont pas là pour vivre une « grande histoire », un conte de fées idéal dans lequel chacun jouerait le rôle que l'imaginaire collectif nous impose. Le mot que je vais employer est volontairement choquant, mais je le dois pour vous aider à comprendre ce qui se joue : les hommes qui ne sont pas uniquement animés par leurs hormones ne cherchent pas à tomber amoureux, ils recrutent. Ne soyez pas outrées par le terme. Ils recrutent leur partenaire de vie comme ils recruteraient leur compagnon s'ils devaient se lancer dans une grande aventure pour laquelle ils vont risquer leur peau. Vous ne devez pas considérer cette approche comme un manque de sentiments, mais comme un acte de responsabilité. J'ai vu beaucoup de mes amis qui n'étaient pas des animaux refuser de s'engager simplement parce qu'ils redoutaient les ennuis qu'une potentielle compagne allait engendrer. Je vous vois déjà bondir, je sens monter la révolte. Je vous comprends parfaitement et je n'affirme certainement pas que j'ai raison. Je suis prêt à tout abdiquer, à admettre les torts, mais plutôt que de rejeter mon raisonnement, vous devriez en parler à votre compagnon. Vous risquez d'être surprises...

Ma pauvre chérie,
tu n'y comprendrais
rien...

Grrrr ! Il est vrai qu'on vous pose beaucoup de questions, messieurs. Sur ce que vous pensez, ce que vous voulez, sur les raisons pour lesquelles vous agissez comme vous le faites. Le plus souvent, vous ne répondez pas, ou alors de façon trop floue pour notre goût du détail et de l'échange. Mais il est un cas un peu particulier où vous répondez, et où il vaudrait presque mieux que vous fassiez comme d'habitude : vous taire.

La scène peut se dérouler n'importe où, mais le schéma se résume à ceci : nous nous trouvons face à une donnée que nous ne possédons pas ou que nous ne comprenons pas. Vous aussi, il vous arrive de ne pas comprendre. Dans notre cas, avec la bonne volonté de quiconque sait que tenter d'apprendre n'est jamais stupide, nous vous demandons d'être notre guide. On a besoin de vos lumières en étant convaincues que vous pourrez nous les apporter. Et là, pour toute réponse, vous nous lâchez froidement. Vous décrétez qu'on sera incapables de comprendre, pas fichues d'apprendre. À moins que vous préfériez ne pas partager votre savoir… ? Comment réagiriez-vous à notre place ? Vous seriez légitimement agacés, non seulement de ne pas obtenir l'aide espérée, mais en plus d'être rabaissés ! Figurez-vous que pour nous, c'est pareil. Quand on marche à deux, les avantages de l'un doivent renforcer l'autre, et pas le déprécier. La pédagogie n'est pas uniquement destinée aux enfants ! Et puis voyez les choses sous un autre angle : si vous nous apprenez, la prochaine fois, on n'aura pas besoin de vous solliciter. Ce sera toujours ça de moins à faire pour vous. C'est pas top, ça ?

Tu devrais prendre soin de ta peau.

Vous avez sans doute raison, mesdames. Mais comment vous dire ? Chaque être vivant sur cette terre est capable de comprendre beaucoup de choses, néanmoins certains domaines échappent à sa sphère de perception. Par exemple, n'essayez pas de faire remplir une déclaration d'impôts à un cochon d'Inde ou de faire faire de la broderie à des Navy Seals pour les détendre. C'est comme ça.

Certains hommes ont pris pleinement conscience de l'importance de leur épiderme et savent exactement comment le protéger du froid, de la pollution, du stress et de la bave du gros bouvier bernois qui leur lèche la tronche parce que du coup, avec leurs produits, ils sentent un peu la pâtée pour chats. Mais dans la grande majorité des cas, les hommes ne comprennent même pas le concept, et les harceler avec cette nécessité inventée par des marchands de chimie ne sert strictement à rien sinon à leur hérisser le poil.

Depuis les années 1980, publicitaires et pseudo-scientifiques se sont évertués à nous convaincre qu'il était vital de se barbouiller la face avec des dérivés pétroliers ou des décoctions de fleurs exotiques afin d'être resplendissants. Bien sûr, on vit plus vieux et il faut s'entretenir. Évidemment, prendre soin de soi est aussi une marque de respect envers les autres. Tout est une question de proportions. Les crèmes de jour, les crèmes de nuit, les crèmes de lendemain de fête... J'ai d'ailleurs un pote que l'on maquille régulièrement à la crème dessert pour son bien. Mais là n'est pas le sujet. Malgré les millions dépensés, malgré des arguments chocs qui surfent autant sur l'espérance de vie que sur notre envie de séduire, les joyeux marchands ne parviennent pas à imposer leur vision de l'homme moderne qui colle de la figure en sortant de la salle de bains. Vous, mesdames, déesses vivantes, êtes depuis l'Antiquité expertes en peau douce et en teint lumineux. Même si nous ne comprenons pas toujours les moyens mis en œuvre, nous apprécions le résultat. Reste que notre éducation, qui n'est heureusement pas immuable, nous rend pour beaucoup hermétiques à ce processus. Dans mille ans peut-être, on vous empruntera vos tubes et pots magiques. En attendant, ça risque encore d'être peau de velours contre barbe de trois jours pendant un moment…

On dirait ta mère...

Nous avançons ici en terrain miné. L'espace-temps et la génétique se liguent pour que, année après année, guidés par des gènes communs, on finisse le plus souvent par ressembler à nos parents. On en est super fiers quand on a dix ans, ça nous panique quand on en a quarante...

Pour vous dire à quel point c'est puissant, je dois vous confier que même moi, qui suis fils adoptif et qui n'ai donc aucun patrimoine génétique commun avec ceux qui sont pourtant mes vrais parents et à qui je dois tout, j'ai commencé à me rendre compte bien malgré moi que je ressemblais de plus en plus à mon papa. Des tics, des attitudes... Je n'en suis ni heureux ni malheureux, mais je le constate.

Je vais à présent m'adresser à mes congénères mâles : les gars, ressembler à notre père est toujours assez valorisant, pour peu qu'on l'aime. Mais pour nos compagnes et leur mère, c'est autrement plus complexe. Le rapport au temps qui passe et à leur apparence physique est comme un gouffre dont elles ont souvent peur de s'approcher. Même si elles adorent leur mère, même si les rapports sont excellents, l'idée qu'elles ont sous les yeux ce qu'elles risquent potentiellement de devenir dans quelques décennies a tendance à les épouvanter. « Miroir, miroir, ne me dis pas que ça m'arrivera aussi, sinon je te fracasse. » On aboutit donc à une situation paradoxale dont nous, les hommes, devons tenir compte : de génération en génération, les filles devenues mères transmettent à leur progéniture un sentiment ambigu. C'est inévitable, cela n'empêche pas de vivre, mais cela ne simplifie rien. Il n'est donc ni loyal, ni affectueux d'y faire référence autrement que pour le tempérer et l'apaiser.

Si vous aimez vraiment votre compagne, entendez-la, donnez-lui votre avis sur son apparence, rassurez-la si elle en a besoin, partagez avec elle, mais évitez de la vexer avec des remarques du genre : « On dirait ta mère » ou « T'étais vraiment canon à cet âge-là… » qui claquent comme des coups de hache sur un meuble rare.

Et si vous en avez envie, écoutez « Tu te laisses aller », de l'irremplaçable Charles Aznavour, pour en rire ensemble comme il l'avait souhaité.

Tes chaussettes
ne vont pas
avec ton pantalon.

S'il vous plaît, remettons la situation en perspective. S'habiller constitue d'abord pour les pauvres créatures masculines que nous sommes une nécessité visant à nous protéger contre le froid, notamment. Si nous étions velus comme des singes et vivions dans une forêt équatoriale, les vêtements seraient techniquement secondaires, sauf pour Mardi gras. Mais au cours de notre longue histoire, l'habit est devenu un incontournable de nos civilisations, et traduit notre goût, notre condition sociale, parfois notre métier et même notre humeur. Résultat, l'industrie du vêtement est la quatrième du monde, et on peut se mettre sur le corps à peu près n'importe quoi tant l'offre est vaste. La notion de mode n'a fait que se renforcer au fil des décennies, là encore inventée par des gens décidés à vendre, prêts à tout pour nous convaincre que nos vêtements ne sont plus utilisables bien avant d'être usés (quoique ces derniers temps, ce qu'ils fabriquent est tellement pourri que nos fripes finissent dans le filtre de la machine à laver avant même d'être ringardes). Dans de nombreuses sociétés à travers le monde, la femme a fait de l'élégance une de ses prérogatives, parfois élevée au rang d'art. Pour nous les garçons, l'utilitarisme a longtemps été de mise, même si désormais, la fantaisie et l'esprit de création semblent avoir pris le pouvoir, avec des résultats parfois surprenants.

Mais revenons-en à notre situation où vous, les femmes, chantres d'un bon goût fait de codes savamment mis au point pour déclasser socialement ceux qui ne les possèdent pas, nous faites remarquer qu'on a mis des chaussettes blanches avec un pantalon sombre. Pire, il nous arrive de ne pas avoir les mêmes chaussettes ! Hérésie ! Affront à la beauté du monde et à son harmonie ! Les divinités fashion risquent la crise cardiaque ! Mais de quoi parle-t-on au juste ? Nos petits « sacs à pieds », communément appelés chaussettes, et nos « couvre-jambes », pudiquement nommés ainsi pour éviter de préciser qu'ils enferment aussi les fesses et le reste, ne correspondent pas à l'agencement imaginé par on ne sait qui ? Les mêmes qui décrètent ce qu'il faut boire avec tel plat, les cousins de ceux qui nous dictent quoi lire, les voisins de ceux qui nous ordonnent de ressentir ce qu'ils ont décidé devant des œuvres dont tout le monde se fout royalement ? Restons calmes. J'ai la solution. Nous allons tout faire pour avoir un sourire si spontané, un regard si serein dans une attitude si volontaire, que vous n'aurez plus rien à faire de nos sacs à pieds. La séduction par le haut. Si toutefois nous n'en étions pas capables, on pourra toujours mettre des tongs.

Si tu me quittes, je me tue !

La vie est merveilleuse. Les amours naissantes sont propices aux sentiments exacerbés et aux envolées lyriques. Sans doute influencés par les grands destins romantiques qui peuplent l'imaginaire collectif, certains sont prompts à dégainer l'acte final, aussi sublime que tragique, pour mettre la pression sur leur partenaire. « Si tu me quittes, je me tue », « Si tu la revois, je me tue », « Si tu portes encore le pull qu'elle t'a offert, je fais annuler le mariage », « Si tu ne sors pas les poubelles, je m'ouvre les veines », etc. Certes, la douleur est une chose intime que nous devons nous garder de juger, mais stratégiquement parlant, sortir l'arme nucléaire doit être envisagé avec pertinence. Gardez toujours les grandes menaces pour les grands risques, car une fois que vous aurez grillé cette cartouche absolue, vous n'aurez plus les moyens de monter d'un cran. Poussez votre raisonnement à fond : il ou elle la ou le revoit, il ou elle remet le pull. Pire, il se roule dans les ordures qu'elle lui a offertes. Que se passe-t-il ? Soit vous mettez votre épouvantable menace à exécution et même sans vous connaître, je sais que votre vie vaut davantage qu'un pull, une entrevue ou des poubelles. Vous ne devez en aucun cas vous sacrifier pour si peu. Soit vous êtes toujours vivant ou vivante le lendemain, et c'est une excellente nouvelle, mais du coup, celui ou celle à qui vous vouliez faire peur sait que vous ne passerez pas à l'acte. Avec ce genre de phrase, vous perdez soit la vie, soit votre crédibilité. On peut vivre sans la seconde, mais quand même. Pensez un peu à vous ! Vous devez garder à l'esprit qu'avec ce genre de phrase, vous ne pouvez que perdre quelque chose.

Si vous êtes vraiment triste, avant de brandir la menace de rétorsions qui vous coûteraient, expliquez pourquoi, sans vous énerver. Soit le message passe et vous aurez ainsi sauvé une vie et une crédibilité, soit vous restez incompris(e) et vous devrez imaginer un stratagème plus fin pour avancer…

Et si je me faisais refaire les...

Sans que ce soit une règle absolue, on peut se risquer à affirmer que globalement, les femmes se soucient davantage de leur apparence que les hommes. Le maquillage, les vêtements, la coiffure, la mise en valeur du corps sont autant de sujets sur lesquels les femmes ont quelques siècles d'avance sur nous. Certaines, de par leur nature ou leur talent à se mettre en scène, fascinent les hordes de misérables bestioles hormonées que nous confessons être aussi. Devenues des icônes, ces reines fixent les canons d'une beauté qui se veut universelle, imposant leur image dans notre imaginaire et dans toutes les formes de représentations artistiques. Par bonheur, ces critères évoluent avec les époques, laissant une place grandissante à toutes sortes de femmes. Heureusement, la prise en compte de la valeur humaine et de l'esprit gagne également du terrain, nous évitant ainsi de plus en plus de prendre nos compagnes pour ce qu'elles ne sont pas : des créatures ornementales entièrement inféodées à nos désirs.

Reste que le principe de la séduction par l'embellissement perdure, et qu'il se nourrit de tout ce que la science propose, avec plus ou moins de bonheur. La chimie s'occupe des cheveux et de la peau, mais depuis le milieu du siècle dernier, la chirurgie est venue s'en mêler. On sculpte désormais son corps comme une statue grecque. Le sport est un bon moyen, mais plus radicalement, on fait également appel à des techniques chirurgicales qui visent à modifier une partie de l'anatomie. On rabote un nez, on gonfle les lèvres, on recolle les oreilles, on aspire le gras des fesses, des cuisses et du ventre, on retend la peau, on ajoute du plastique pour remplir à ras bord des bonnets de soutien-gorge déjà rembourrés. L'énumération écœure un peu et ne rend absolument pas justice à la grâce que n'importe quelle femme recèle d'une façon ou d'une autre.

Pour en avoir discuté avec des spécialistes, je sais qu'il arrive que ce soit à la demande de leur compagnon que les femmes se lancent dans ce genre d'opérations rarement sans risque. Nous laisserons à chacun le soin d'apprécier la démarche. Mais dans l'immense majorité des cas, ce sont les femmes elles-mêmes qui le désirent. Parce qu'elles veulent ressembler à un modèle, parce qu'elles souhaitent augmenter leur potentiel de séduction. J'avoue que je n'ai aucune idée précise des raisons qui peuvent les inciter à ces travaux modificatifs douloureux. Aspiration à se sentir plus sûres d'elles ? Renforcement de l'identité ? Je l'ignore. À ce stade, sans vouloir donner dans la philosophie de calendrier, je crois que le bonheur et le fait d'être aimé sont le meilleur des embellissements dont un être vivant puisse bénéficier. Cela peut sembler niais dit comme ça, mais c'est vrai. Il est effrayant de constater le nombre de principes vitaux que notre époque cynique fait passer pour niais... Pour autant, cela ne signifie pas qu'il ne faut plus rien faire pour continuer à plaire à l'être aimé.

Rien n'arrête le cours du temps ni les lois de la nature : jeune, on commence par attirer grâce à notre physique, chacun à sa mesure ; puis peu à peu, la personnalité que l'on révèle teinte magnifiquement ce corps que le temps finira par nous retirer. Le raccourci est abrupt, mais nécessaire.

Aux femmes qui sont tentées par l'idée de se faire greffer des airbags, aux hommes qui se couvrent de tatouages guerriers sur leur torse viril, j'adresse ce bienveillant message : demandez-vous ce que tout cela va devenir. Investissez sur ce qui tient, sur ce qui résiste au temps, pariez sur autre chose que la mode. Investissez sur vous ! Misez sur votre personnalité.

Je ne suis pas plus doué qu'un autre et lorsque j'étais jeune, je n'avais pas un physique de rêve. J'étais tristement banal. Pire, j'étais « moyen » ! Je n'avais pas le courage de me faire tatouer « Fuck the world » sur le bras ou d'exécuter cinquante pompes dans le hall du lycée. Depuis tout petit, je m'en suis sorti avec la seule aptitude qui semblait à ma portée : faire l'andouille. Rire et faire rire. Exactement comme celles et ceux qui tentent de se bidouiller le corps, je n'avais aucune idée de ce que cela déclencherait. Je n'ai pas eu le loisir de choisir, il n'y a aucun choix intelligent là-dedans : je n'ai fait que ce qui m'était possible, et cela me rend modeste vis-à-vis de ceux qui ont préféré d'autres options.

Mais aujourd'hui, avec le recul, je m'aperçois que c'est chez ceux qui ont misé sur leurs talents intérieurs que l'opération de valorisation a été la plus rentable. Et l'opération n'a rien de chirurgical ! Alors faites de la musique, courez magnifiquement, dressez des chiens, peignez des nus, dansez, riez, expliquez, montrez qui vous êtes. Mais par pitié pour vous, foutez la paix à votre corps.

À qui envoies-tu un message ? Fais voir ton téléphone !

Aimer, c'est aussi faire confiance... quitte à mieux trucider l'autre s'il en abuse et vous trahit ! Mais commençons par la confiance aveugle, jamais évidente. Le fait est que dans une relation qui compte, tous les systèmes de surveillance sont en alerte, avec l'idée de sécuriser le territoire affectif et d'éloigner les éventuelles menaces – un ou une ex, une concurrente indélicate qui chasse sur vos terres, un tombeur compulsif qui risque de mettre en péril ce que vous tentez de bâtir sur le long terme. Personne n'est à l'abri d'une faiblesse adultère, même si cette excuse est souvent employée par des gens qui savent exactement ce qu'ils font !

Notre magnifique époque, toujours prompte à permettre aux âmes simples de consommer davantage, qu'il s'agisse de biens matériels ou de gens, nous a offert un superbe outil, une porte ouverte sur un monde de rencontres, de choix, d'opportunités qui peuvent être utilisées comme bon nous semble. Intime et secret, petit mais tellement puissant, le téléphone est devenu l'incontournable émanation de nos cerveaux, le passage secret direct vers nos amis, nos proches, nos impulsions et, pourquoi pas, nos voies de perdition. Pinocchio avait l'île des plaisirs, la cigale avait l'été, les pirates avaient les océans et les tavernes, nous avons bien mieux – à condition d'avoir de la batterie et du réseau.

Que l'on soit d'un tempérament soupçonneux ou parce que l'on cherche à se rassurer, la tentation est grande de jeter un œil sur *son* téléphone, ce petit bijou de technologie qui sait tout de nous. Halte-là ! Pas touche ! Pascale et moi avons connu des couples dans lesquels le flicage de téléphone était devenu un sport de compétition. Des logiciels mouchards sophistiqués à la duplication pure et simple, nous avons quasiment tout vu. Une de nos copines s'était même fait un tableur Excel pour quantifier et noter les différents appels de son compagnon ! Elle évaluait tout : la nature du message, son intensité, sa fréquence. Autant vous le dire tout de suite, elle s'est fabriqué un enfer, et ça n'a pas sauvé sa relation, qui s'est très mal finie.

Réfléchissez bien avant de vous lancer sur la voie du contrôle, officiel ou non. Car comme nous l'avons dit, l'amour se nourrit de confiance. Cela présente un risque indéniable, mais tout ce qui compte en comporte un. Par contre, ce qui est certain, c'est que la surveillance n'a rien de romantique.

Mais qu'est-ce qui sent comme ça ?

Un parfum trop appuyé, un plat trop richement cuisiné, ou alors vous vous êtes trop parfumé avec le plat que vous avez cuisiné... Hommes comme femmes peuvent faire la remarque. Hommes comme femmes peuvent la recevoir.

Parlons d'abord du parfum : vaporeux, capiteux, entêtant, à la mode, présenté dans les médias par des sex-symbols inhumains qui font des trucs impossibles pour vous faire croire qu'en vous en aspergeant, vous serez comme eux : irrésistibles et universels. C'est vrai que ça donne l'air cool de nager en robe de mariée, de marcher virilement au milieu de mecs en plâtre qui explosent, d'arrêter des pluies de diamants avec les mains dans des soirées ennuyeuses, de regarder par la fenêtre devant un fond vert ou de creuser dans le désert pour enterrer un bracelet de fête foraine. Moi, perso, je reste perplexe devant cette histoire d'usine avec des machines qui serrent des corsets, qui finit sur une main aux fesses commise par une femme sur un homme. Quant à celle où des filles bizarres un tantinet dépressives traînent dans des boîtes de nuit, elle me fait un peu peur. Ça doit puer grave.

Bon, admettons que vous soyez sensibles à ce genre d'argument et poussé(e)s par l'envie d'ajouter un charme olfactif à votre beauté naturelle. N'oubliez jamais que le mieux est l'ennemi du bien, et qu'asphyxier celui ou celle que vous voulez séduire n'est pas le meilleur moyen de le garder près de vous. Il sera toujours tenté d'aller prendre de l'air frais à la fenêtre ou de se servir d'un vêtement pour improviser un masque à gaz et limiter les dégâts. Moi-même, quand j'ai commencé à fréquenter Pascale, j'ai dû affronter *Poison*, de Dior. Franchement, ça me collait mal à la tête et le moindre de mes vêtements qui avait été en contact avec celle que j'aimais déjà était bon à laver. Une horreur. Je déteste ce parfum heureusement passé de mode.

Techniquement, les jeunes hommes et les jeunes femmes ont tendance à « surdoser », aussi bien leurs émotions et leurs réactions que leur parfum. Cela engendre des hordes de gamins surparfumés, bien décidés à faire rayonner leur sensualité sur tout le département. Ce n'est pourtant pas le meilleur moyen de laisser une trace. Il nous arrive à tous de remarquer une fragrance, un léger souffle qui enivre nos sens, mais il doit d'abord être discret. Pensez-y, pour votre partenaire, pour votre espérance de vie, et pour celles et ceux que vous allez côtoyer, ou avec qui vous partagerez un train, un avion ou un portemanteau !

Le deuxième cas de figure concerne ce que vous avez pu cuisiner. Et là, la phrase est malvenue, car on ne compte plus les plats succulents qui, au moment de leur préparation, dégagent des odeurs de cuisine qui n'ont rien à voir avec leur parfum et leur goût finals (vous avez déjà fait griller des sardines ?). Le problème est alors différent : soit votre hotte aspirante n'est pas suffisamment puissante, soit celui ou celle qui pose cette question doit apprendre à modérer ses réactions.

Faites-lui goûter ce que vous avez préparé avec tant d'amour. Soit c'est aussi mauvais que ce que ça pue, et dans ce cas allez au resto, soit c'est merveilleux et la prochaine fois, il ou elle vous déclarera, trop content(e) : « Ça fouette encore plus que la dernière fois, j'en ai les yeux qui pleurent. Ça donne trop faim ! »

Par pitié,
ne vous trompez
pas de prénom...

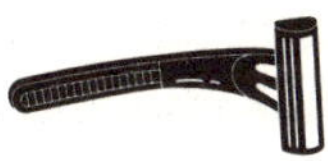

Pascale dit que les femmes sont incapables de ce genre d'erreur. Je crois qu'elle a raison. Il n'y a que nous pour en faire d'aussi belles... C'est un affront, une faute lourde pouvant entraîner une mise à pied sans préavis. Vous lui fêtez son anniversaire le jour de celui de votre ex. Vous l'appelez machinalement par le petit nom que vous donniez à celle d'avant. Le pire étant de vous tromper de prénom quand vous êtes sous la couette...

Plus tard, quand on se connaîtra mieux et que vous n'aurez plus de doute sur ma santé mentale, je vous raconterai comment j'ai fait le test avec une petite amie, intentionnellement, pour étudier sa réaction (j'étais jeune alors et pas bien malin, je vous l'accorde...). J'avais imaginé la situation et, allez savoir pourquoi, elle me faisait rire. Et puis un beau jour, au moment fatidique, j'ai tenté. La curiosité scientifique, sans doute. Je n'ai pas été déçu. Le fait est que je l'ai payé cher, et qu'il m'a fallu plus d'un an avant d'en rire – et pas avec elle. J'ai regretté d'avoir pu lui faire de la peine, même si je lui ai expliqué ma démarche ensuite.

Mon cas était indéfendable. Je m'en veux encore aujourd'hui, mais par contre, je fais cadeau à mes frères de cette expérimentation lamentable. Pardon Sonia, enfin je veux dire Valérie (par courtoisie, les prénoms ont été changés. Le petit nom inventé n'était pas Sonia mais Kate et le vrai prénom était… non, mais vous me prenez pour qui ?).

Pour en revenir à notre sujet, nous pouvons tous être victimes d'étourderie, mais certaines coûtent plus cher que d'autres. Pour votre partenaire, c'est autant l'erreur qui blesse que ce qu'elle trahit. Vous n'en avez donc pas complètement fini avec l'histoire précédente. Et là, ça fait mal. Alors, faites attention. Si vous êtes du genre à changer de cavalier tous les deux jours, mettez-leur un badge avec leur nom écrit en gros. Et si vous êtes en train de construire une relation plus sérieuse, vous devriez pouvoir éviter cette bourde nucléaire.

Tu ne devrais pas manger ça, prends des légumes.

Un classique. Toujours pertinent mais rarement approprié, sauf lorsqu'il est adossé à un avis médical dûment justifié impliquant une notion d'urgence de santé avérée. Quel homme n'a jamais entendu sa petite amie, sa compagne, sa moitié, le bassiner avec cette notion nutritionnelle ? D'ailleurs, quel est le vrai dilemme ? Manger de la viande et engendrer une souffrance animale scandaleuse associée à un élevage destructeur d'environnement ? Ou alors se blinder de légumes gavés de pesticides dont la culture intensive n'est pas vraiment meilleure pour notre planète ? Je sens déjà les hommes et les femmes réagir, dressés sur des barricades faites de principes et d'opinions. Rassurez-vous, je me fais l'avocat du diable. Le régime idéal, c'est de ne rien manger, jamais, sauf des bonbons aux goûts rigolos qui attaquent les dents. Notre but n'est pas de vous dire quoi faire, mais comment le gérer avec votre compagnon pour que la question ne devienne pas un gouffre qui vous sépare.

Donc, mesdames, une fois à table, vous prenez des légumes vapeur, et nous n'importe quoi. Vous allez lutter contre la faim quelques courtes heures à peine après le repas – sauf si vous avez craqué pour un dessert sur lequel vous culpabiliserez dès la dernière bouchée avalée. Et nous, dix minutes après être sortis de table, nous ne savons même plus ce que nous avons mangé parce que nous n'avons plus faim. On a réglé un problème. On va réussir à survivre jusqu'au dîner. Quoique...

Tout l'intérêt est de savoir dans quel but vous nous donnez ce bon conseil : comme notre maman, comme les messages à la télé, comme les producteurs bios, vous nous bassinez avec les 5 fruits et légumes (un jour, il faudra que quelqu'un nous explique : cinq grains de raisin ? Cinq citrouilles ? Un sandwich au jambon avec une feuille de salade compte-t-il comme légume ? Aidez-nous, on est perdus !).

Faut-il manger des légumes pour être en meilleure forme ou parce que vous vous sentez seules, sachant que quand vous dégustez vos excellents brocolis, vous nous piquez quand même des frites ? Ou alors nous donnez-vous ce conseil pour qu'on soit dans la même galère que vous ? Parlons-en, la vérité doit être quelque part entre les deux. Et si on en discutait devant un bon repas ?

Pourquoi tu souris ?

Dans la grande aventure qu'est l'amour, qu'il s'agisse de conquête de territoires pas toujours vierges ou de se perdre dans des contrées inconnues, la tentation est réelle d'en dresser une cartographie aussi détaillée que possible. Étonnant paradoxe qui consiste à rêver de découverte, d'inattendu, de se laisser embarquer par celui ou celle à qui on s'attache… tout en voulant quand même savoir où l'on va. L'esprit humain n'est pas à une contradiction près et même s'il s'explique mal, le désir de sécurité, voire de contrôle, accompagne aussi une relation amoureuse. Femmes et hommes, épris, aiment bien tout savoir de celui ou celle à qui ils comptent tout donner, et en attendent au moins autant en retour.

D'où cette question : « Pourquoi tu souris ? » Il n'y a rien de pire quand on est amoureux que de se sentir exclu d'une émotion, positive qui plus est. Comment l'élu de votre cœur peut-il être heureux autrement que grâce à vous ? Comment est-il possible que même une miette de bonheur puisse vous échapper ? Derrière cette question se cache une angoisse touchante : la crainte que l'être aimé puisse être heureux sans nous. Car après tout, si nous nous sommes choisis, si nous nous sommes trouvés, plus rien d'autre ne nous est nécessaire, surtout s'il s'agit d'un autre humain. Toute une palette de nuances colore ce sentiment, de la tristesse de ne pas être tout pour l'autre à la jalousie maladive qui peut pousser à isoler l'objet de notre affection pour régner en maître sur lui. Ce ne sont de toute façon pas de bons signaux à envoyer. Hommes et femmes détestent se sentir prisonniers, même d'une belle relation. Si vous voyez l'autre sourire, n'en perdez rien, mais n'ayez pas peur pour autant. Patientez avant de lâcher « Jalousie » ou « Contrôle », qui n'attendent qu'une occasion de sortir de leur cage pour attaquer. Appréciez d'autant plus quand vous souriez ensemble. Si vous le voulez, comptez le nombre de fois où ça arrive grâce à vous, avec vous, et si tout se passe bien, le score devrait vous rassurer. Sinon, posez la question avec un air menaçant.

Ça changera quand on sera mariés...

« Couver son homme », « prendre femme », « se donner », « s'appartenir », le vocabulaire amoureux est rempli de formules associées à la possession. Comme si le fait de s'unir, d'une façon ou d'une autre, revenait à diluer les deux personnalités en une sorte d'entité étrange qui annulerait ce que nous étions avant et que nous avons pourtant intérêt à rester.

Cette promesse liée à un futur statut légal est une véritable bombe à retardement, qui n'attendra d'ailleurs peut-être pas le jour des noces pour vous exploser à la tête... Prenons un peu de recul : ces quelques mots sonnent comme une menace alors qu'ils font référence à l'un des temps forts positifs de notre vie. Comment l'annonce d'un bonheur officialisé peut-elle se transformer en moyen de pression ? Et quelle réaction cela peut-il provoquer ?

Certains hommes et certaines femmes se sentent bien plus légitimes dans leur couple lorsqu'il a été validé par la loi. Certains hommes, sans doute renforcés par le fait d'avoir légalement changé le nom de leur compagne, qui perd le sien pour prendre le leur, se sentent alors investis d'un pouvoir qui ne va aider personne à vivre mieux... Perdre son nom n'est pas facile, et cela choque logiquement de plus en plus de monde. D'un autre côté, certaines femmes aussi considèrent qu'une fois marié, leur homme devient leur propriété exclusive. Viens là, mon petit mari...

Dans l'esprit, l'union, quelle que soit la forme qu'elle prenne – mariage, Pacs, liaison, contrat, concubinage ou autre – symbolise l'association de deux individus égaux en droit qui sont supposés pouvoir compter l'un sur l'autre. À aucun moment, dans aucun texte, il n'est dit que ce lien fort serait un outil de contrôle obligeant l'un ou l'autre à une obéissance aveugle.

Qu'il s'agisse de décisions stratégiques ou de pratiques sexuelles, l'entente et la complicité doivent rester les maîtres mots devant toute forme de dictature. Le vrai risque pour celui qui annonce que « ça changera une fois mariés », c'est que son partenaire prenne conscience de sa vraie nature et du fait que son futur geôlier se tient tranquille uniquement parce que la loi telle qu'il l'interprète ne lui a pas encore conféré de pouvoir absolu sur vous... Ça fout les jetons, et c'est l'occasion de vous poser les vraies questions !

C'est une soirée
entre potes,
t'es pas invitée.

C'est une soirée entre potes, t'es pas invitée.

Mesdames, messieurs, pour être correctement déminée, cette phrase doit être analysée selon les deux points de vue. Car elle est à la fois scandaleuse et légitime. Ce qui est certain, c'est que lancée telle quelle, elle marque un rejet qui peut à la fois blesser et fâcher.

Honneur aux dames : même si aujourd'hui, vous organisez aussi des soirées entre filles, et tant mieux, cette phrase a longtemps été l'apanage des mecs qui, entre eux, allaient franchir en meute, loin de votre regard, des limites que la vie à deux approuve rarement. Boire, draguer, se comporter comme des ados à outrance peut être la règle de ce genre de soirées où vous n'êtes pas les bienvenues. L'appel du jeu et le spectre de l'immaturité hantent souvent l'esprit des hommes, quel que soit leur âge. Si cela reste à un niveau raisonnable selon vos critères et ne fait courir de risque ni aux valeurs de votre couple, ni à ses finances, il faut sans doute l'autoriser de temps en temps car un homme – même parfaitement sain et honnête – reste proche de ses potes et garde le goût du jeu. L'esprit rigolard reste également la garantie d'une vie un peu plus pétillante que ne le permet l'absolu respect de règles strictes qui finissent par peser sur tout le monde. N'oubliez pas que cet argumentaire vise à promouvoir ce qui est récréatif et drôle, certainement pas à cautionner le malhonnête et le glauque. Chacune et chacun mettra ce qui lui convient derrière ces mots, tout étant affaire d'interprétation.

L'autre aspect concerne le versant masculin. Messieurs, lorsque vous prononcez ces mots, vous chassez votre compagne de votre vie, vous la congédiez, vous l'excluez en sous-entendant en prime qu'elle vous empêche vaguement de vivre certaines choses. Le tact et la pédagogie sont les meilleurs amis d'une vie de couple heureuse. Vous pouvez sans doute vous en sortir avec ce genre de phrase brutale avant de partir vous éclater avec vos acolytes, voire vos alcooliques… mais qu'en sera-t-il à votre retour ? Qu'allez-vous abîmer pour quelques heures de n'importe quoi ? Ces excès valent-ils ce qu'ils vont vous coûter ? Réfléchissez tant que vous n'avez pas encore avalé trop d'alcool. Expliquer une situation permet de la faire accepter dans de bien meilleures conditions qu'en force. Si ce que vous projetez de faire avec vos compagnons de beuverie, qui ne sont d'ailleurs peut-être qu'un alibi, est inavouable, évitez d'anesthésier votre conscience. Même si elle vous gêne, elle est quand même de votre côté. N'abattez pas votre conseiller ! Si par contre, vous allez juste passer une soirée entre amis, dites-le, dites pourquoi vous avez besoin d'être entre vous, pour parler, pour aider, pour vous défouler un peu. Si vous y arrivez, vous verrez que tout se passera mieux, à la fois pendant votre soirée et au moment où vous rentrerez chez vous.

T'as vu la bombasse ?

Bien sûr qu'elle l'a vue. Évidemment que la beauté fatale a fait une entrée fracassante sur ses radars. Vous croyez vraiment que les femmes, avec le temps qu'elles consacrent à se mettre en valeur, avec l'énergie qu'elles emploient à vous séduire, ne surveillent pas du coin de l'œil toutes les formes de concurrence possibles ? La plupart des femmes vivent dans un enfer comparatif éternel, une sorte d'étude de marché permanente qui vise à évaluer en temps réel ce qu'elles valent aux yeux des hommes, et du leur en particulier. C'est une pression, voire une angoisse, qui les tient trop souvent à la gorge.

Les hommes ne vivent pas ce rapport-là de la même façon. Un homme cherche d'abord à se plaire à lui. En caricaturant à peine, on peut dire que la première personne qu'un homme cherche à séduire, c'est lui-même, à travers l'image qu'il a de sa personne, à travers les gens et les objets qui composent son décor. Le raccourci pourra choquer, mais il a le mérite d'être clair. Alors que beaucoup de femmes n'arrivent à se juger qu'à travers le regard des autres. Et c'est souvent un drame à vivre, car le regard de ceux sur qui repose leur évaluation d'elles-mêmes est trop rarement bienveillant ou même pertinent. On pourrait disserter là-dessus des heures, chacun campé sur ses principes ou ses positions, mais le sujet est intime et trop important pour le réduire à des pseudo-règles simplistes. Chacun réagira donc à sa propre façon devant ce qu'il est aisé de constater partout autour de soi.

Pour en revenir à la bombasse, créature de rêve croisée ou aperçue qui va s'imposer comme élément de comparaison, nul doute que même si ce n'est pas pour les mêmes raisons, une femme l'aura repérée au moins aussi vite que l'homme.

Reste que la comparaison est toujours intéressante, non pour la hiérarchie de classement aléatoire qu'elle génère, mais pour ce qu'elle révèle de celui qui l'a détectée. Car quand on parle de bombasse, il n'est question que de physique. Ce seul critère ne saurait résumer une personne, aussi spectaculaire soit-elle. Ça vaut le coup d'y penser et de le prendre en compte.

Il est en outre intéressant d'envisager le cas où c'est la femme qui signale ladite beauté à son compagnon. Passionnante configuration. Pourquoi attirer l'attention sur une « potentielle concurrente » ? Pour se rassurer ? Pour tester et pousser le pauvre bougre à dévoiler ses goûts ou ses aspirations secrètes ? Pour échanger ? Quelle que soit la raison, il devient essentiel de la comprendre. C'est même bien plus important que de voir passer une jolie fille !

T'as tes règles ou quoi ?

Nul. Grossier. Stupide. Pathétique. Messieurs, si vous en êtes à utiliser ce genre d'argument qui n'en est pas un, c'est que vous n'accordez pas beaucoup de respect à votre partenaire et que vous n'avez rien compris au minimum de psychologie qu'exige une vie de couple. Cette attaque renvoie aux pires préjugés sexistes datant d'une autre époque. N'espérez jamais calmer une femme en lui balançant ce genre de réflexion, vous obtiendrez même l'effet contraire. Si vous ne comprenez pas pourquoi, il va vous falloir mûrir et apprendre encore beaucoup avant d'espérer vivre à deux.

Quelle partie de moi tu préfères ?

Faites très attention en posant ce genre de question. Vous êtes sans doute motivé(e) par le désir de définir ce qui séduit le plus votre partenaire, peut-être pour en jouer davantage, ou pour vous rassurer, mais méfiez-vous. Il est parfois difficile de partialiser, voire de disséquer ce qui fait votre charme. Et tant mieux. Le plus beau est dans l'alchimie. Trop analyser la magie revient souvent à la tuer. Qui sait d'ailleurs ce que vous pouvez obtenir comme réponse ?

Si votre complice veut vous faire plaisir, il ou elle peut vous répondre ce que vous avez envie d'entendre. Ce n'est pas forcément l'idéal, et cela peut se révéler frustrant si vous vous en rendez compte. Mais ce n'est rien à côté de ce qui pourrait se passer si elle ou lui se montrait absolument honnête ! Imaginez un peu : « Ce que je préfère chez toi, c'est ton portefeuille », « Tes fesses, qui sont bien mieux que le reste », « Les gens que tu connais », « Ta sœur », « La vie que tu vas m'offrir et dont j'ai toujours rêvé »...

Un couple a une chance de tenir lorsque pour chacun, l'autre est le but et non le moyen. Si vous n'êtes qu'un faire-valoir, une carte de visite, un bulletin de paie, mieux vaut ne pas vous attendre à vivre le grand amour. Le tout est de ne pas se tromper. Chacun est libre de choisir les raisons pour lesquelles il est en couple, mais se mentir sur les véritables motivations est la garantie d'une déception. Dans la fièvre de la passion, essayez donc de garder la tête froide un petit quart d'heure de temps en temps pour vous demander ce que vous faites là. Parlez-en, et autrement qu'à travers des questions d'ado qui découvre son corps et cherche à se rassurer en partant à la pêche aux compliments. Si vous devez en recevoir, ils viendront sans que vous ayez à demander et n'en auront ainsi que plus de valeur. On peut tomber amoureux d'un torse, d'une paire de seins, de mains fabuleuses, d'une mâchoire virile ou d'un regard de braise, mais de là à faire sa vie avec… Alors posez-vous plutôt cette question-là : « Qu'est-ce que j'aime le plus chez lui ou chez elle ? » Et n'hésitez pas à cocher plusieurs cases !

Maintenant qu'on
est ensemble,
plus question
que tu parles
à tes ex.

C'est bien connu, chaque histoire d'amour est unique, et la dernière surpasse en principe les précédentes. En principe... La tentation est grande, comme une reine qui conquiert un pays, comme un monarque qui emporte une province, d'effacer les moindres traces de celles et ceux qui ont occupé leur trône avant eux, de faire place nette pour imposer leur blason. Pourtant, cela revient à nier l'Histoire, et ce n'est pas sans risque. À force de s'acharner à la réécrire, on lui donne souvent une force qu'elle n'aurait pas eue si elle avait été simplement acceptée. La métaphore géopolitique trouve un écho particulièrement adapté lorsqu'on l'applique aux individus.

Peu d'entre nous font toute leur vie avec leur premier amour. C'est possible, mais cela reste exceptionnel. L'un des vieux sages que j'ai eu la chance de côtoyer lorsque j'étais débutant sur les plateaux de cinéma faisait preuve d'une incroyable bienveillance envers ses stagiaires amoureux. Il en était chaque fois ému et leur prodiguait toutes sortes de conseils, jamais en donnant des leçons, mais en racontant ce que lui-même avait vécu. Avec une franchise et un sens de la formule digne d'une salle de corps de garde, il résumait et soignait nos doutes à grands coups de maximes libératrices et inspirantes.

Un soir, alors que nous avions travaillé tard, à un collègue qui se posait des questions sur l'histoire d'amour qu'il était en train de vivre alors qu'il n'arrivait pas à oublier la précédente, ce grand monsieur avait lâché : « T'en fais pas, on met rarement la première cartouche dans le mille. Tu as eu des tirs d'essai. Maintenant, ne te trompe plus en visant. » L'aspect cavalier de la comparaison avait au moins le mérite de remettre la situation en perspective.

Hommes et femmes portent la trace, gardent la mémoire et le sentiment de leurs histoires passées. Pour celle ou celui qui arrive, c'est parfois compliqué à accepter. Les pages d'une vie s'écrivent souvent à deux, mais pour en arriver là, il faut parfois en avoir tourné quelques-unes auparavant. Sans les arracher.

Puisqu'on en est là, évitez aussi d'appuyer là où ça fait mal sans raison sérieuse. Interdisez-vous les allusions aux douleurs, voire aux échecs passés. Vous n'engendrerez chez votre partenaire que de la peine, de la rancune, et l'envie sourde de vous en infliger autant. Bannissez donc les « Je commence à comprendre pourquoi ta femme avait demandé le divorce » et les « Pas étonnant que ton mec t'ait plaquée ».

Il n'existe pas de solution idéale, certains peuvent sortir profondément meurtris d'une histoire précédente, avec des peurs, des résolutions. Avec, parfois aussi, des enfants. Tout cela doit être pris en compte. Il faut accepter l'autre dans ce qu'il est. C'est à prendre ou à laisser. Ne comptez pas effacer celles et ceux qui ont – par une influence positive ou négative – contribué à façonner l'être auquel vous êtes attaché aujourd'hui. Prenez votre place, toute votre place, sereinement, sans détruire, sans nier, sans exiger un oubli qui ne serait qu'un silence.

Mais si vous-mêmes sortez d'une histoire douloureuse, ne la faites pas payer à votre nouvelle relation, faites ce qu'il faut pour ranger le passé à sa place et laissez l'espace nécessaire à votre nouveau couple. Permettez-lui de s'épanouir pour lui-même.

On peut pas remettre ? Je suis crevé...

Qui n'a jamais eu envie de se poser après une journée difficile ? Qui n'a pas eu la tête à autre chose que ce qui a été calé il y a des semaines, même si on adore ça ? Le fait est que si vous vivez seul, vous pouvez toujours annuler, prétexter, esquiver. Mais si vous vivez à deux, l'énergie de l'autre, son envie peuvent venir contrarier votre flemme, justifiée ou non. Il faut soudain négocier, aller jusqu'à la mauvaise foi. J'ai souvent constaté que Pascale avait une capacité bien supérieure à la mienne à se bouger. Même épuisée, elle garde cette envie de rencontrer, de sortir, de découvrir. Je me suis alors posé des questions et j'ai observé : est-ce que j'ai 182 ans ? Est-ce que je suis un ronchon casanier ? (Si j'en vois qui disent oui, même de la tête, ça va mal se passer.) En élargissant mon champ exploratoire, je me suis aperçu que globalement, les femmes sont très souvent partantes alors que les hommes traînent des pieds. L'envie de pantoufler serait-elle inscrite dans notre ADN ? Avec une certaine complaisance, j'ai osé me dire que finalement, je portais sans doute plus de responsabilités que Pascale, ce qui pouvait expliquer notre attitude différente face à la vie sociale non obligatoire. Il faut avouer que j'étais jeune et que j'ai depuis appris deux ou trois trucs. Avant de devenir un vénérable chêne, chaque homme a d'abord été un gland.

Les seules réponses à toutes ces questions que j'ai pu trouver ne sont pas flatteuses pour nous, messieurs. Je crois que les femmes sont plus sociables, plus ouvertes, plus curieuses et davantage capables de faire des efforts sur elles-mêmes que nous. Enfin pour les meilleures d'entre elles, entendons-nous bien, car il existe des boulets en jupons. Bien sûr, ce n'est pas avec ce genre de généralités que nous allons résoudre nos cas particuliers. En couple, tout le jeu consiste alors à distinguer ce qui relève d'un manque d'entrain aisément dépassable, de ce qui porte atteinte à l'un ou à l'autre. Si l'on n'a pas envie de faire pour soi-même, on peut toujours faire pour l'autre. Et tout à coup, on se découvre capable et heureux d'aller voir cette exposition à la noix avec des toiles hideuses dont on n'a aucun moyen de savoir si elles sont accrochées dans le bon sens. Vous-mêmes, mesdames, pourriez venir faire du vélo ou vous rouler dans la gadoue avec nous et le chien. Et vous, qu'avez-vous envie de faire dont l'autre ne veut pas entendre parler ?

À quoi tu penses ?

Le tout, mesdames, c'est d'être cohérentes. D'un côté, vous vous complaisez souvent à nous faire passer pour des buses incapables d'aligner deux pensées aussi complexes que les vôtres, et de l'autre, vous voulez sans arrêt savoir à quoi nous réfléchissons… Ce qui revient à demander : « T'as la tête vide, mais qu'y a-t-il dedans ? »

C'est bien connu, un homme ne réfléchit pas. Un homme, ça fonce tête baissée, ça reluque les filles, ça mange de la viande ; de temps à autre, ça serre un boulon ou ça nettoie sa voiture en lui parlant comme à une créature vivante. Ça rigole aussi bêtement avec ses copains en oubliant scandaleusement qu'il n'est rien sans sa mère et vous-même, bien sûr. Je caricature à peine. Pourtant, certains se débrouillent très bien, et même si vous êtes essentielles, vous n'êtes pas tout.

La clé du paradoxe de votre question « À quoi tu penses ? » se cache dans le foisonnement des sentiments et des aspirations. Elle réside sans doute dans une volonté absolument indiscutable, celle de vous rassurer, mais aussi dans une autre plus difficile à gérer pour nous : votre envie de tout savoir de nous et parfois, de tout contrôler.

Dans les premiers temps d'une vie commune, vous avez besoin de vous tranquilliser quant à la place qui est la vôtre dans notre esprit et notre cœur. Vous rêvez d'y occuper non seulement la première place, mais souvent en outre de ne partager l'espace avec personne. Ce n'est pas toujours le cas, mais c'est fréquent. Lorsque vous tombez amoureuses, l'élu de votre cœur envahit soudain chaque recoin de votre cerveau. Il est partout, jusqu'à devenir le centre unique de votre attention et de vos pensées. C'est un phénomène magnifique dont nous avons la chance d'être parfois les heureux bénéficiaires.

Logiquement, vous voudriez qu'il en soit de même pour votre compagnon. Mais nous ne procédons pas de la même manière. Même amoureux fou, un homme n'oubliera ni son travail, ni ses passions, ni ses amis. Ce n'est pas vous dévaloriser, c'est simplement une autre façon de fonctionner. Vous pouvez trouver cela scandaleux, injuste, triste, vous n'aurez pas forcément tort, mais le fait est qu'il vaut mieux le comprendre que le combattre. J'ai vu beaucoup d'amies abîmer leur relation parce qu'elles ne toléraient pas que leur compagnon pense à autre chose qu'elles. Le tout, c'est de se comprendre. Il n'y a qu'une femme d'écrivain pour savoir que quand son homme regarde fixement un paysage, une personne, ou même droit devant lui, il travaille.

Décompresse, tu t'inquiètes vraiment pour rien...

Par chance, Gilles ne m'a jamais fait cette réflexion, mais qu'est-ce que j'ai pu l'entendre autour de nous ! Rétrospectivement, je ne me suis pas posé plus de questions que ça, jusqu'au jour où je me suis aperçue que ces paroles qui se voulaient rassurantes cachaient en fait la préparation d'un coup tordu de la part d'un ex-ami. Sauf exception, une femme ne tiendrait pas ce genre de propos à un homme, d'abord parce qu'elle sait qu'il ne s'en satisferait pas, et ensuite parce que les garçons ont la fâcheuse habitude de décider tout seuls dans leur coin de ce qui les inquiète ou pas.

Nous, les femmes, avons tendance à vous faire confiance. Parce qu'on en a envie, besoin, parce que c'est plus facile ? Un petit mélange de tout ça, sans doute. Et parce qu'on ne veut pas passer pour la flippée de service. Si l'homme de notre vie nous sort ce genre d'argument avec un sourire enjôleur, voire une main rassurante posée sur notre joue ou notre épaule, on a envie de le croire. Sauf qu'au fond, on a du mal à s'en tenir à ces belles paroles.

On aime bien comprendre. Donc on revient à la charge, alors que franchement, même pour les plus inquiètes d'entre nous, le bon argument suffirait à nous apaiser.

Alors pourquoi nous balancer ce genre de phrase creuse qui ne résout rien ? Parce que vous espérez endormir notre vigilance ? Parce que vous voulez passer pour le héros infaillible qui gère tout de main de maître ? Pour éviter de vous fatiguer à nous expliquer en bottant en touche avec une formule toute faite ? Faut-il alors que nous insistions, que nous demandions des explications malgré tout ? Ou devons-nous jouer les ingénues et nous contenter de ce cliché en rongeant notre frein ?

Beaucoup de paramètres sont à prendre en compte pour éviter une réaction souvent à chaud. Il est vrai que certaines d'entre nous sont effectivement épuisantes à s'inquiéter pour tout et pour rien. Celles de mes consœurs qui angoissent jour et nuit alimentent l'image d'affolées potentielles qui rejaillit sur chacune d'entre nous. Ce trait de caractère qui n'est heureusement pas généralisé sert alors de prétexte à bien des hommes pour ne plus rien justifier. Gilles et moi avons souvent observé comment nos connaissances géraient cette situation. Par moments, cela frise l'anthropologie ! La seule conclusion que nous avons réussi à en tirer, lui comme moi, c'est que si deux êtres se prennent au sérieux, s'ils s'écoutent vraiment, alors aucun des deux ne se retranchera derrière une réponse qui n'en est pas une.

Tu m'aimes ?
(53 fois par jour)

Sans doute l'envie de se rassurer ou de profiter à fond de son bonheur pousse-t-elle certains – le plus souvent certaines – à poser cette question toutes les six minutes en moyenne. Il est toujours doux d'entendre l'autre vous affirmer son attachement, de savourer la chance d'être aimé en en ayant le témoignage direct. Bien sûr, à trop le demander, on use la spontanéité, on émousse l'effet, on fatigue celui qui prodigue sous la contrainte ce qui devrait être un cadeau. Un peu comme un pamplemousse trop pressé. À trop vouloir sa quintessence, on risque d'en récolter l'amertume…

Dans un monde idéal, cette question ne devrait jamais avoir besoin d'être posée. Parce que vous devriez être assez rassurés pour ne pas en douter, parce que ces déclarations ne se réclament pas et qu'il est tellement plus beau de les recevoir par surprise. Mais vous et moi savons que ce monde n'est pas idéal. Les raisons d'être inquiets sont nombreuses. Notre éternelle soif de sentiments a tendance à provoquer des sueurs froides et des frissons le long de notre échine. Alors il est parfois tentant de poser la question, pour obtenir la réponse qui nous aiderait à mieux dormir et à respirer sans ce poids sur la poitrine. Mais n'oubliez pas que les vraies réponses ne viennent jamais facilement...

Peut-être vous faut-il chercher d'autres signes que des mots, d'autant que ceux-ci sont parfois trompeurs et que le compagnon ou la compagne à qui vous les demandez vous les fournira peut-être, mais pas forcément avec toute la force du sentiment véritable que vous espérez. De toute façon, poser la question n'arrangera rien. Plus vous la poserez souvent, plus cela deviendra lourd, au risque de provoquer l'effet inverse de celui recherché. Paradoxalement, à trop demander le rapprochement, on peut générer l'éloignement. Un seul conseil à vous donner : ne demandez pas, observez et lisez les réponses que les gestes et les attentions vous donneront de façon bien plus sincère que des mots arrachés.

Ce n'est pas à moi de payer ça.

L'argent est un vaste sujet que chacun approche comme il l'entend. La gestion de ses ressources est un processus intime qui ne souffre pas le commentaire d'autrui – tant qu'on ne lui doit rien.

Évidemment, cela change lorsque l'on vit à deux et que l'argent contribue à définir la notion de partage. Pascale et moi avons toujours fait compte commun et chacun a toujours été parfaitement transparent sur ses ressources. Tous nos projets ont été financés à deux, chacun à la mesure de ce dont il disposait sur le moment. Si les proportions ont pu varier, c'était uniquement pour des raisons conjoncturelles, mais les dépenses, même les moins raisonnables, ont toujours été votées de concert. C'est notre façon de faire, et nous ne prétendons pas qu'elle est la bonne. Simplement, elle nous ressemble et correspond à ce que nous croyons.

Chez nos connaissances, nous avons eu l'occasion de découvrir bien d'autres méthodes de fonctionnement. Des couples qui s'adorent font comptes séparés et se répartissent la charge des dépenses comme une véritable entreprise. Certains ne disent même pas combien ils gagnent à leur conjoint. D'autres lui allouent un budget, libre à lui de le dépenser ensuite comme il le désire. Il en va de l'argent comme de l'amour : il existe autant de nuances dans son utilisation que de couples.

Par contre, quelques principes sont communs à ces différents usages et permettent de dessiner le profil d'une relation : on trouve ainsi les fusionnels qui partagent tout, les pragmatiques qui se disent que même si ça va bien, il faut se préparer à une éventuelle séparation, les gestionnaires qui scrutent leur affection comme un fonds spéculatif, les frimeurs qui dépensent pour impressionner avant de crier au secours parce qu'ils sont ruinés, et même les escrocs qui parlent d'amour mais n'en veulent qu'à l'argent. Tout est possible. Si l'argent ne doit logiquement pas constituer le cœur d'une relation amoureuse, il en est pourtant l'un des révélateurs. La façon dont un individu, homme ou femme, gère son argent, contribue à révéler sa personnalité tout autant que la façon dont il s'habille.

Généreux ou pas. Cohérent ou non. Économe ou dépensier. Tout, dans ce que nous dépensons, raconte ce que nous sommes. L'argent reste un des secteurs les plus sensibles dans une vie à deux. Parce qu'il soude ou sépare, parce qu'il confirme un engagement ou traduit une volonté de ne pas mélanger. Les combinaisons possibles sont tellement nombreuses qu'il est impensable d'en dresser le catalogue.

Cependant, certains facteurs peuvent vous aider à analyser votre propre schéma : demandez-vous à quoi sont destinées les dépenses. Observez où va votre argent ou celui de votre partenaire. Dans quelle proportion, avec quelle fréquence. Étudiez la vitesse à laquelle les décisions sont prises. Celui qui donne passe-t-il son temps ensuite à faire allusion à son don ? Celui qui reçoit a-t-il une fabuleuse capacité à ne jamais dire merci ? L'argent n'est qu'un outil, mais il éclaire la nature de celui qui s'en sert avec une incroyable justesse.

Un homme, un vrai, le ferait...

Méfions-nous des généralités réductrices, mais de temps en temps, certaines nous aident quand même à gagner du temps. Cette fois, c'est le garçon qui parle. Je vous rassure, Pascale est d'accord avec moi. Pour schématiser, les femmes ont tendance à nous idéaliser, à rêver leur vie et leur prince charmant en fonction de leurs propres désirs. Souvent, influencées par l'inconscient collectif et les clichés que les écrans déversent dans nos cerveaux, elles ne cherchent pas à rencontrer un homme et à le découvrir pour ce qu'il est, mais plutôt à traquer celui qui pourra remplir le rôle qu'elles ont écrit à l'avance. Elles s'attendent à beaucoup de choses, qui, si elles ne sont pas accomplies, vaudront au bonhomme d'être jugé et parfois condamné. Je vous prie d'excuser ce manque de nuances qui ne prétend pas représenter une réalité globale, mais mettre en lumière un fait précis susceptible d'infliger pas mal de dégâts.

Souvent, lorsqu'une femme n'est pas satisfaite d'un homme, elle invoque les grands principes ; elle en appelle à la justice, à ce que devraient être les choses pour qu'elle soit comblée. C'est son droit, bien sûr. Le propos ici n'est pas de savoir si elle a tort ou raison, mais de pointer le fait que ce genre d'argument nous fout les nerfs en pelote. La vexation et le rappel à l'idéal masculin ne sont vraiment pas le meilleur moyen de nous pousser à faire des efforts. On n'humilie pas quelqu'un dont on espère quelque chose.

D'autant que dans les faits, qu'attendez-vous au juste ? Quitte à en devenir schizophrène, un homme devrait tantôt être un protecteur, tantôt respecter votre autonomie. Un soir, il devrait être un parfait gentleman et le lendemain une bête sauvage, un guerrier puis un rêveur, un réparateur de machine à laver puis un poète, un chat puis un sanglier, une éponge puis un démonte-pneu. Ignorez-vous à quel point il est difficile d'être un rêveur le lundi et un démonte-pneu à poil dur le mardi ? Vous le savez mieux que personne, mesdames, nous ne sommes que des hommes. Tous en un, ça ne va pas être possible. Par pitié, faites-nous évoluer, poussez-nous à nous améliorer, à enrichir nos compétences, à élargir nos points de vue, mais s'il vous plaît, ne nous fixez pas des feuilles de route qui ne correspondent à rien pour nous déguiser en ce qui vous plairait sur le moment. Les femmes ne sont pas des poupées. Les hommes non plus.

Tu es sûre que tu t'habilles comme ça ?

Le seul fait de poser la question sonne déjà comme un désaveu... Nous, les garçons, apportons en général moins de soin que vous à notre façon de nous vêtir. Certains d'entre nous le font quand même avec tellement de goût et d'allure qu'ils nous rachètent tous. Merci les mecs, parce qu'on en a besoin. On peut très bien se retrouver en survêtement à une réunion, pour peu que l'on s'y sente autorisés. J'avoue à ma grande honte, mais pour mon plus grand confort, ne plus mettre que des chaussures de sport, y compris aux cérémonies officielles. Arrêtons de faire semblant : ces chaussures de cuir pseudo-mode inconfortables qui vous font des pieds de ménestrel assurent la fortune des podologues et constituent un véritable handicap en cas d'escalade ou de baston. Faut-il courir ce risque juste pour être dans les codes ? Chacun juge à sa façon. Moi, j'en ai discuté avec mes pieds, et ils ont été assez clairs. Je cause aussi avec mes fesses et mes bras qui détestent les pulls qui grattent.

Plus sérieusement, il est vrai que parfois, certains hommes, dont je me sens solidaire, arborent des tenues qui peuvent être légèrement décalées par rapport à la circonstance…

Chez les femmes, c'est différent. On pourrait presque affirmer que c'est l'inverse. S'habiller comme pour les Oscars pour aller chez des potes, porter des escarpins pour courir, dégainer la robe du soir pour pousser le caddie à Auchan, c'est possible. Ma propre moitié a toujours un mal de chien à adapter sa tenue aux circonstances. Sauf qu'elle, c'est par le haut alors que moi, c'est par le bas. Ce qui peut nous valoir de nous retrouver, elle en talons hauts et tailleur ultra élégant agrémenté d'un splendide foulard hors de prix dont je n'ai pas le droit de me servir pour nettoyer les rétroviseurs de la bagnole, alors que moi, je me traîne en jean avec une fourrure polaire que j'adore parce qu'elle me rappelle la fois où j'ai sauté dans un loch écossais alors qu'il faisait 2 °C (elle en garde d'ailleurs encore un peu l'odeur, le chien adore). Vous ai-je précisé que nous nous rendions ensemble à un dîner officiel ?

Cet exemple me permet d'aborder une notion ô combien importante : le regard réciproque. Je suis convaincu qu'une femme n'est jamais plus jolie que lorsque celui qui l'aime l'aide à se valoriser, et donc à s'habiller. La réciproque est d'autant plus vraie que sans le secours des femmes, les hommes vivraient encore à poil avec une vague peau de bête d'octobre à mars parce que quand même, ça caille.

Donc, regardez-vous, écoutez-vous, analysez ensemble ce qui vous met en valeur. Quand nous étions au lycée, Pascale adorait les vestes indiennes. Elle avait des franges plein les manches. Quand elle débarquait sur sa mobylette (le scooter de l'époque), toutes ces franges volaient au vent. C'était drôle. Vous avouerez qu'il faut de la clairvoyance pour tomber amoureux d'une Indienne motorisée avec une boîte en plastique sur la tête... Il m'a fallu du temps et tout le tact dont j'étais capable à l'époque – c'est-à-dire pas beaucoup – pour lui faire comprendre que sa panoplie ne la servait pas au mieux... Aujourd'hui, on en rigole ensemble, mais à l'époque, j'ai failli me faire scalper. Et si vous le lui demandez gentiment, elle vous racontera mes pantalons en velours côtelé pattes d'eph et mes sous-pulls en acrylique…

Je vais mourir…

Messieurs, parlons de votre santé. La nôtre va bien, merci.

C'est toujours la même histoire : vous faites une tête pas possible, vous vous touchez le front, vous vous appuyez sur le ventre, vous palpez votre gorge, vos genoux… D'une voix d'outre-tombe, vous gémissez : « Je sais pas c'que j'ai… » Vous ajoutez quelques râles, des bruits de bête en train de crever, ou d'autres formules du genre : « Tu te rends pas compte à quel point je déguste » ou alors « J'ai jamais eu mal comme ça » (même si c'est toutes les semaines).

Vous vous traînez du lit au canapé. Vous titubez comme si vous vous étiez pris douze balles de gros calibre en combattant un cartel de la drogue. Si vous survivez jusqu'au dîner, il faudra sans doute vous faire manger à la petite cuillère. Pour un peu, vous en seriez à rédiger votre testament, les larmes aux yeux, brisé d'être injustement condamné à quitter prématurément ce monde si beau.

Les symptômes suivants ne sont pas moins alarmants : vous êtes à deux doigts de voir votre vie défiler devant vos yeux (mais ce n'est souvent que la télé devant laquelle vous végétez). Si vous avez des enfants, vous les serrez dans vos bras avec des trémolos dans la voix. C'est bouleversant. Mais n'est-ce pas un peu trop, sachant que ce n'est qu'un rhume ?

En fait, dans votre monde de garçons, ni la peste foudroyante, ni le choléra n'ont été éradiqués. Vous pouvez très bien les attraper. Deux fois par week-end. Et qu'il s'agisse d'une écharde dans le pied ou d'une bonne crève, vous êtes toujours atteints d'une maladie terrifiante qui vous fait souffrir atrocement et dont l'issue sera forcément fatale. Vous faites environ huit crises cardiaques par course à pied. Vous ne dansez jamais aussi bien que lorsque vous vous êtes cogné le petit doigt de pied contre un meuble (avec jurons en prime, à moins que ça ne fasse partie de votre façon de danser...). Si on essaie de vous raisonner, voire si on ose faire preuve d'un peu d'ironie, vous jurez que sur votre tombe, vous ferez graver : « Je t'avais bien dit que j'étais malade... »

La première fois qu'on vous voit dans cet état-là, on se fait toutes avoir. On s'inquiète, on vous cajole, on vous dorlote, on se complique la vie à vous faire du vrai bouillon dont vous n'avalez que quelques lampées en faisant la tronche. On vous supplie d'aller chez le médecin au rendez-vous qu'on a réussi à vous décrocher en urgence ; on vous prépare des médicaments que de toute façon, vous ne prendrez pas parce que « ces trucs ne servent à rien » – ou que vous prenez par boîtes entières parce que vous voulez guérir dans les trois minutes qui suivent. Et que dire s'il faut mesurer votre température... On en a vu plus d'un s'enfermer dans la salle de bains parce qu'on approchait avec un thermomètre.

Temps mort. Et si vous mettiez un peu de nuances dans tout ça ? Si vous dessiniez quelques graduations entre la forme olympique et l'arrivée du médecin légiste ? Si vous appreniez à faire la différence entre se moucher et mourir ? Vous faut-il donc des cours pour distinguer une écharpe d'un linceul ?

D'autant que – et c'est l'un de vos nombreux mystères – malgré votre incapacité à suivre correctement les prescriptions médicales ou à vous comporter comme des malades responsables, vous parvenez quand même à vous rétablir, et parfois d'un seul coup. Aux portes de la mort la veille, insupportables le lendemain ! Vous voir ressusciter si souvent donne parfois envie de vous tuer…

Je t'aime.

Je t'aime.

Après tellement de propos horribles et porteurs de germes pathogènes, nous ne pouvions pas achever cet ouvrage autrement que par la phrase qui est à la fois si courte et si puissante : « Je t'aime. » On en a fait tant de chansons, de films, de livres, on l'utilise tellement à tort et à travers... Et pourtant, lorsqu'elle est prononcée au bon moment par la bonne personne, elle existe toujours pour la première fois, comme le plus beau cadeau qui puisse être offert. Cette phrase-là n'est pas interdite, bien au contraire ! N'oubliez pas de la prononcer. Jamais à la légère cependant, et jamais à l'excès. Attendez l'instant, n'en faites pas un spectacle, ne songez qu'à celle ou celui qui vous l'inspire.

Si vous avez quelqu'un à qui la murmurer, vous avez de la chance. N'ayez pas peur d'avouer, ne craignez pas de dépendre, ne redoutez pas de donner. On ne vous rendra peut-être pas tout, mais quelle importance ? Seul ce qui est partagé a vraiment de la valeur.

Si vous n'avez pas encore trouvé votre moitié, ne baissez pas les bras. Vous avez raison d'y croire. Aucun réseau social, aucune fête, aucun animal de compagnie ne vous procurera le frisson d'une peau alliée qui vous frôle, d'un regard complice qui vous contemple avec cette petite flamme et vous voit tel que vous êtes. « Je t'aime » est la seule phrase que nous vous souhaitons d'avoir à prononcer. Toutes les autres n'ont été présentées et analysées que pour lui dégager la voie. Toutes doivent être décortiquées pour que celle-ci garde sa magie.

Quelle que soit votre situation, nous vous souhaitons bonne chance.

Table

Avertissement 3
Avant-propos 7

T'as pas un peu pris ? 15
J'en ai pour une minute ! 19
Tu ne m'as jamais parlé de ça. 23
Essayons de réagir comme des adultes........ 27
C'est ta famille, tu te débrouilles. 33
Ça a l'air bon ce que tu manges... 37
Ta mère a bien raison à ton sujet... 45
J'ai besoin d'une moto. 49
Qu'est-ce que t'as fait à tes cheveux ? 53
C'est juste une copine... 59
Je vais t'aimer comme personne avant 65
Quand on aime quelqu'un,
on passe toutes ses vacances avec ! 69
T'as pas vu ma chemise bleue ? 75
L'enlacer outrageusement en mettant
« mon » devant son prénom. 79
N'éclatez pas de rire quand on fait
quelque chose. 83
Je te jure que si tu fais ça... 87
T'es vraiment obligée de prendre la voiture ? .. 91
Joyeux anniversaire ! (le mauvais jour) 95
T'es trop chou ! 99

Tu te souviens du jour où on s'est
embrassés pour la première fois ? 103
Ma pauvre chérie,
tu n'y comprendrais rien… 109
Tu devrais prendre soin de ta peau. 113
On dirait ta mère… 117
Tes chaussettes ne vont pas
avec ton pantalon. 121
Si tu me quittes, je me tue ! 125
Et si je me faisais refaire les… 129
À qui envoies-tu un message ?
Fais voir ton téléphone ! 135
Mais qu'est-ce qui sent comme ça ? 139
Par pitié, ne vous trompez pas de prénom… .. 145
Tu ne devrais pas manger ça,
prends des légumes. 149
Pourquoi tu souris ? 153
Ça changera quand on sera mariés… 157
C'est une soirée entre potes,
t'es pas invitée. 161
T'as vu la bombasse ? 165
T'as tes règles ou quoi ? 169
Quelle partie de moi tu préfères ? 171
Maintenant qu'on est ensemble,
plus question que tu parles à tes ex. 175
On peut pas remettre ? Je suis crevé… 181
À quoi tu penses ? 185
Décompresse, tu t'inquiètes vraiment
pour rien… 189
Tu m'aimes ? (53 fois par jour) 193
Ce n'est pas à moi de payer ça. 197
Un homme, un vrai, le ferait… 201
Tu es sûre que tu t'habilles comme ça ? 205
Je vais mourir… 211
Je t'aime. 217

Ce livre est dédié à ceux qui tentent leur chance et à ceux qui, d'une façon ou d'une autre, nous ont montré qu'une vie à deux était possible.

Affection et respect à Marie-Thérèse & André, Annie & Bernard, Georgette & Charles, Janine & Georges...

Parce qu'un couple se nourrit aussi de moments magiques, que diriez-vous de partir à deux à Venise ?

« Pour vous associer davantage encore à l'esprit de complicité qui porte ce livre, nous vous proposons de tenter votre chance pour essayer de gagner un week-end dans la cité la plus romantique du monde.

Rendez-vous sur le site www.jailu.com, répondez à quelques questions et participez au tirage au sort qui aura lieu en septembre 2019* !

Bonne chance et tous nos vœux de bonheur ! »

Pascale et Gilles Legardinier

*Conditions et règlement du jeu-concours disponibles sur le site www.jailu.com

Illustration d'après © Viktoriya Belova et © aljosa2015 / Shutterstock

Les illustrations des objets proviennent du fond Shutterstock : Chaussure © Leremy, Sèche-Cheveux © Viera, perceuse et clé anglaise © BSD, hachoir et couteau © Viktorija Reuta, Sac © Kaissa, rasoir © Rvector, Chaussure à talon © Oliinyk Inna, ballon de foot © D line, Chapeau © HeinNouwens, Vaporisateur © Rawpixel.com. Les illustrations des personnages sont des images Shutterstock : © Michal Sanca, © Edvard Moinar, © Teinov Oleksil, © Chris Tefme, © Marina_Che, © DeryaDraws.

12538

Le texte est composé par Nord Compo
en New Aster Bold, en New Aster medium,
en Thirsty Script medium et en Futura Bold condensé.

Achevé d'imprimer en Italie
par GRAFICA VENETA
le 12 mars 2019

Dépôt légal : avril 2019
EAN 9782290206515
OTP L.21EPLN002566.N001

ÉDITIONS J'AI LU
87, quai Panhard-et-Levassor, 75013 Paris

Diffusion France et étranger : Flammarion